K-PEACE 통일 방안 결국, 이렇게 통일된다

K-PEACE 통일 방안 결국, 이렇게 통일된다

발행일	2025년 11월 4일
지은이	권진형
펴낸이	손형국
펴낸곳	(주)북랩

출판등록   2004. 12. 1(제2012-000051호)
주소   서울특별시 금천구 가산디지털 1로 168, 우림라이온스밸리 B동 B111호, B113~115호
홈페이지   www.book.co.kr
전화번호   (02)2026-5777   팩스   (02)3159-9637

ISBN   979-11-7224-933-5 03810 (종이책)   979-11-7224-934-2 05810 (전자책)

잘못된 책은 구입한 곳에서 교환해드립니다.
이 책은 저작권법에 따라 보호받는 저작물이므로 무단 전재와 복제를 금합니다.
이 책은 (주)북랩이 보유한 리코 인쇄 장비 등 자체 생산 인프라를 통해 제작되었습니다.

작가 연락처 문의 ▶ ask.book.co.kr
작가 연락처는 개인정보이므로 북랩에서 알려드릴 수 없습니다.

(주)북랩 성공출판의 파트너
북랩 홈페이지와 SNS에서 다양한 출판 솔루션을 만나 보세요!
홈페이지 book.co.kr   •   블로그 blog.naver.com/essaybook   •   출판문의 text@book.co.kr
카톡채널 북랩

남북 모두 승리자가 되는 통일의 길

K-PEACE
통일 방안 결국, 이렇게 통일된다

권진형 소설

북랩

서문

'K-PEACE 통일 방안'이란 무엇인가?

'K-PEACE 통일 방안'은 지금까지 논의된 적이 없는 전혀 새로운 통일 방식이며, 북측도 거부할 수 없는 모두가 승리자가 되는 통일 방안이다.

북한은 현재 궁여지책으로 통일을 포기하고 남북 관계를 적대적인 두 개의 나라로 규정하였다. 세습 정권의 최대의 적인 한류를 막아 내기 위한 불가피한 조치다.

일부에서 구상하는 남북이 두 개의 국가로 평화롭게 지내자는 주장도 있지만, 그럴 경우 남한의 자유사상이 북한에 전파되는 것을 어떻게 막아 낼 수 있겠는가.

그래서 세습 정권이 유지되는 한 평화로운 남북 관계는 있을 수 없고 북한은 어쩔 수 없이 긴장을 조성할 수밖에 없는 것이다.

북한이 핵을 갖고 있기 때문에 외부의 침입은 막을 수 있을 것이다. 그러나 통일을 포기한 북한에 이에 반대하는 세력의 내부적인 반발이 점점 커 가는 것을 핵으로 막을 수는 없는 것이다.

권력층 내부의 분열은 피할 수 없을 것이며, 결국 권력 구조의 변화를 가져오게 될 것이다.

남북이 평화적으로 통일하기 위해서는 다음의 세 가지의 난제들이 존재하며 이를 풀어내기 위한 새로운 해결책을 'K-PEACE 통일 방안'이 제시한다.

첫째, 북한 권력 세습의 중단 없이는 어떠한 남북 협상도 물거품이다.

최근 네팔의 경우를 보라. 억압받은 민중은 결국 폭발하고 만다.

세습과 독재 그리고 우상화로 이루어진 탑은 언젠가는 무너지기 위한 탑이다. 그러나, 무너지기 전에 미리 내려오는 지도자는 역사의 보호를 받는다.

북한의 정치 지도자는 정권의 세습을 포기하고 임기를 스스로 정하고 임기 중, 남북 통일 협상을 주도적으로 추진한다.

그리고 임기 후에는 집단지도체제에 정권을 이향하고 통일의 절대 공로자로서 존엄을 지키며 영광스럽게 퇴진해야 한다. 그 방법을 K-PEACE 통일 방안이 제시하고 있다.

둘째, 북한에는 무수히 많은 지도자들의 동상과 조형물들이 전국 각지에 세워져 있다.
그 수가, 수백 수천 개가 넘는다고 한다.
만약 평화 통일이 되면, 이들의 처리를 어떻게 해야 할까. 결국 회손되거나 철거될 것이 뻔하다.
그러나 북측 지도자의 입장에서 보면 자기 조상들의 동상이나 조형물들이 수난을 당하는 것을 보고만 있을 수 있을까!
통일을 안 하면 안 했지 그 꼴은 못 볼 것이다. 바로 이런 것들이 북측의 지도자가 통일을 하고 싶어도 할 수 없는 문제인 것이다.
K-PEACE 통일 방안은 남과 북이 모두 수용할 수 있는 절묘한 방안을 제시하여 이 문제를 해결한다.

셋째, 핵 문제 해결이다.
지금까지 미북 회담만 바라보는 수동적 입장에서 벗어나, 남북 정상이 당당하게 만나서 양측이 모두 동의하는 절묘한 핵 해결 방안에 합의하고, 이 합의안을 육자회담에 회부하여 국제적 동의를 얻는 적극적인 방법이 제시된다.
통일은 자주적으로 해야 한다. 그래야 통일 후, 한국의 위상이 국제적으로 우뚝 서게 될 것이며, 전 세계 분쟁국들의 모범이 되고, 평화를 선도하는 중심 국가가 될 것이다.

    K-PEACE 통일 방안은 이 문제들에 대하여 지금까지와는 전혀 다른 해결책을 제시하고 있는 것이다. 나는 이 제안들이 국가정책에 반영되어 평화 통일에 도움이 되기를 바란다.

차례

서문 · 4

제1장
대통령 및 통일부장관에게 드리는 호소문

11

제2장
소설: K-PEACE 결국, 이렇게 통일된다

13

1부 남과 북의 변화 15
2부 지도자의 결단 79
3부 완전한 통일의 길 153

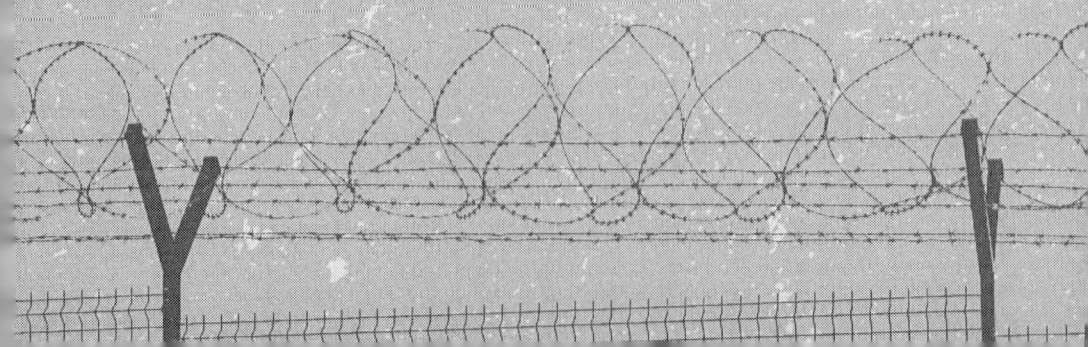

제3장
정책 제안: 남북 모두 승리자가 되는 K-PEACE 통일 방안
173

통일공원과 핵 문제 해결 174
통일과 한국 경제 180
남북의 융합 184
지도자의 결단 188

제4장
언론인 여러분께 드리는 호소문
193

젊은이들에게 드리는 당부의 글 · 196

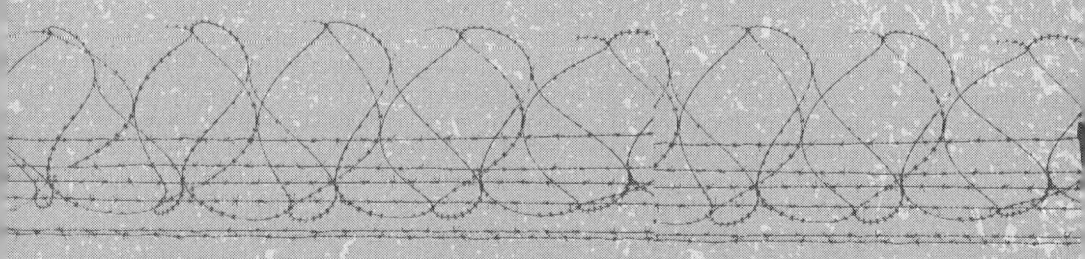

제1장

대통령 및 통일부장관에게 드리는 호소문

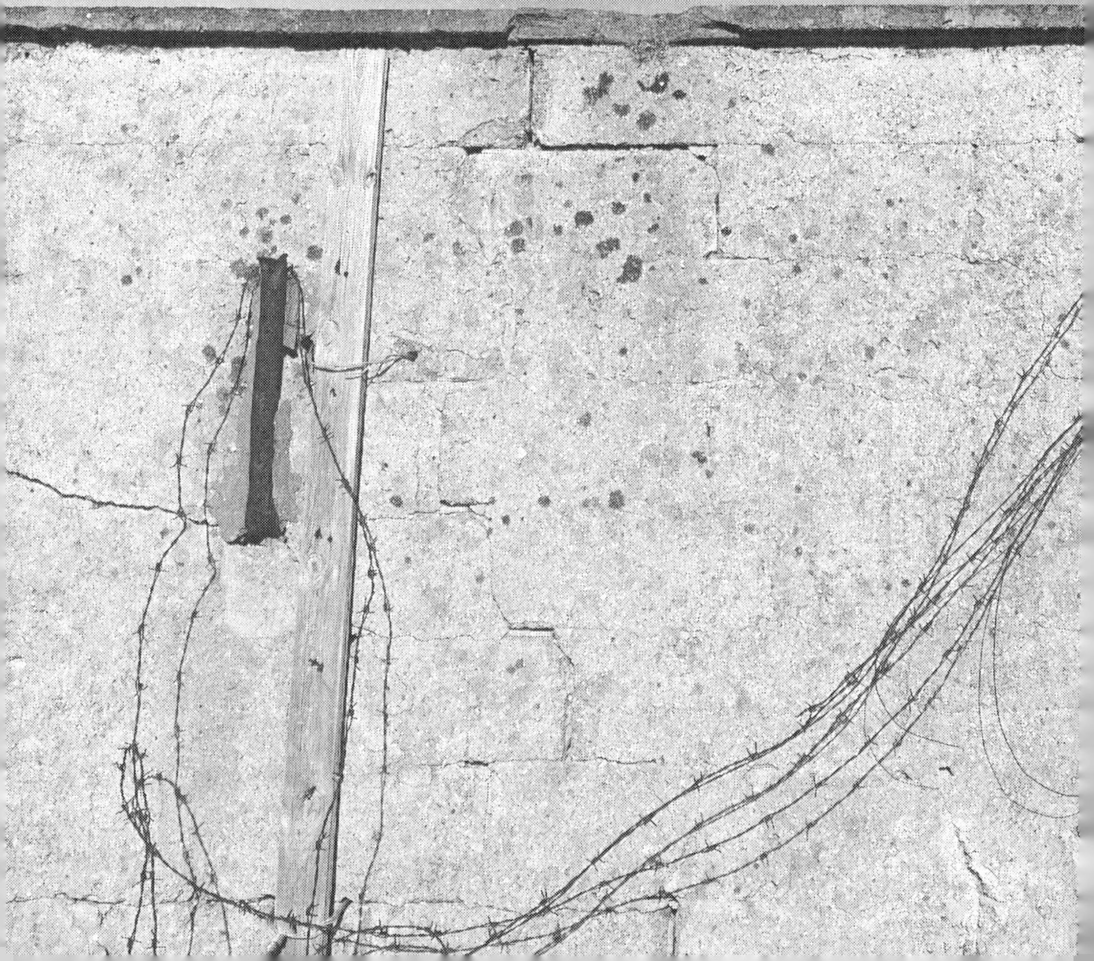

대통령님, 통일부 장관님 그리고 여야 정치 지도자 여러분께 드립니다.

오늘날 우리의 정치 담론 속에서 통일이라는 단어는 희미해지고 있는 듯합니다.

혹, 지금의 정치권이 통일 문제를 소홀히 하고 있는 것은 실현 가능한 현실적인 방안이 부재하기 때문은 아닐까요?

그러나 이제 남과 북이 모두 상처 없이 공존하며 다 함께 승자가 될 수 있는 새로운 통일 방안이 이 책에 제시되었습니다.

이 방안은 이상적 구호에 그치지 않고, 실현 가능한 틀 안에서 한반도의 항구적 평화와 공동 번영을 도모하고자 하는 진지한 제안입니다.

이제는 그 누구의 패배도 아닌 모두의 승리를 위한 통일을 고민해야 할 때입니다.

지도자 여러분의 혜안으로, 평화와 통합의 새로운 시대를 열어 주기를 진심으로 바랍니다.

저자 올림

제2장

소설: K-PEACE 결국, 이렇게 통일된다

| 등장인물 |

남측- 대한민국 대통령, 국무총리, 서울특별시장, 통일부장관, 외교부장관, 국방부장관, 국정원장, 야당 원내 부대표, 3군 참모총장, 통일 담당 비서관

북측- 북측 최고 지도자, 지도자 여동생, 지도자 딸, 호위사령부 참모

이 소설에 등장하는 모든 인물, 모든 상황은 가상으로 설정된 것이며, 현존 인물과는 아무런 상관이 없음을 알려 드립니다.

1부

남과 북의 변화

통일공원의 등장

모든 것은 대통령 비서실장에게 날아든 통일부의 한 통의 연락으로 시작되었다.

"남북 관계와 관련한 중요한 협의가 진행 중입니다. 대통령께 보고드릴 내용이 있으니 적절한 사람을 보내 주십시오."

통일부의 요청이었다.
비서실장은 망설임 없이 김일남 통일 담당 비서관을 지목했다.
"김일남 비서관, 이번 일, 당신이 가 보는 게 좋겠소."
김일남 비서관이 통일부의 요청을 받고 통일부 청사관에 도착했을 때, 장관은 마치 기다렸다는 듯 반갑게 그를 맞이했다.

그러나 인사도 잠시, 장관은 책 한 권을 건넸다.
"이거 한번 읽어 보십시오. 한 시간 후에 회의가 시작됩니다. 대충이라도 보고 들어오시면 됩니다."
김 비서관은 책을 받아 들고 표지를 바라보았다.
『남북 모두가 승리자가 되는 통일 방안』
부제는 조금 의외였다.
'북측 최고 지도자도 찬성할 수밖에 없는 통일 방안'.
그는 눈쌀을 약간 찌푸리며 책장을 넘기기 시작했다.
처음에는 다소 의심스러운 마음으로 읽기 시작했지만, 글이 생각보다 간결하고 논리적이었다.
무엇보다도 흥미를 끈 것은 책이 제안하는 핵심 구상이었다.

"남과 북이 각각 통일 공원을 조성한다."

북측의 통일 공원에는 북측 지도자들의 개인 숭배와 관련된 모든 동상과 조형물, 기념비를 한데 모아 유치하고, 이를 국가 기관이 영구 보존하는 방향으로 관리한다는 내용이다.
반면 남한의 통일공원은 전쟁과 분단의 흔적들 그리고 평화를 위한 운동의 기록을 모아 전시하고, 교육 공간으로 활용하는 안이었다.
이 아이디어는 지금껏 한 번도 공론화된 적이 없었다.
무엇보다도 남북 어느 쪽도 패자가 되지 않게 설계된 점이 인상 깊었다.

　북측은 체제의 상징을 완전히 폐기하지 않고 이전하는 형식을 취할 수 있고, 남측은 그 상징물을 민주적 해석 속에 보존함으로써 새로운 평화의 의미를 부여할 수 있었다.

　김 비서관은 책장을 덮으며 잠시 고개를 끄덕였다.

　한 시간이라는 시간은 충분했다.

　그의 눈빛이 달라졌다.

　책의 내용은 단순한 상징이나 구호가 아니었다. 놀라울 정도로 구체적이었고, 현실적인 대안을 품고 있었다.

　가장 인상적인 구절은 다음과 같았다.

　"북측 통일공원 내에 북측 지도자가 퇴임 후 거처할 수 있는 사저를 마련하고, 통일 공로자로써의 예우를 갖춰 여생을 품위 있게 보낼 수 있도록 한다."

　그 순간, 김 비서관의 머릿속에서 무언가 번쩍하고 떠올랐다.

　북측 지도자가 스스로 권력을 내려놓는 그림.

　그가 역사 속으로 퇴장하면서도 무너지지 않는 체제의 자존심.

　남측의 입장에서는 독재의 종식을 보장받고, 북측은 지도자의 안전한 퇴장을 보장받는 절묘한 균형.

　이어지는 문장은 더욱 충격적이었다.

"북측의 핵은 현 상태에서 동결하며 국제 사찰과 감시를 받도록 하고, 군사적 투명성을 확보한다. 동시에 북측은 보유 중인 핵과 관련한 모든 정보를 국제 사회에 개방하고, 점진적으로 개방과 개혁의 길을 따른다.

핵의 완전한 폐기는 남북 통일 후 통일 정부가 세워진 후, 통일 정부가 결정하도록 한다."

책은 여기에 덧붙여 남한의 역할도 명시하고 있었다.

"남한은 북측의 개방 조치에 상응하여 정치적 안정, 경제적 지원, 문화적 교류 등 다방면의 반대 급부를 제공하며, 이 모든 과정을 남북 상생의 원칙하에 진행한다."

김 비서관은 책장을 덮었다.
이건 단순한 제안이 아니었다.
세습과 민주주의, 폐쇄와 개방이 충돌하지 않고 연결될 수 있는, 말 그대로 모두가 승리자가 되는 방안이었다.
물론 현실은 책처럼 쉽게 움직이지 않을 것이다.
하지만 이 구상은 남북 양측 모두에게 '승리'라는 이름으로 다가갈 수 있는 문을 제시하고 있었다.
책에 마지막 장을 덮을 즈음 회의실 문이 열리고, 관계자들이 하나둘씩 자리를 채워 가기 시작했다.

김 비서관도 조용히 회의장 안으로 들어가 지정된 자리에 앉았다.

책의 여운이 아직 가시지 않은 채 그는 주변을 둘러보았다.

통일부 고위 관계자들, 외교부 실무진, 국정원 협의관, 안보실 자문관들까지. 한눈에 보아도 '의견 조율'이라는 이름으로 모일 수 있는 최상급 인사들이었다.

회의는 정중하지만 날카롭게 시작되었다.

초점은 단 하나였다.

"과연 이 제안이, 남한이 북측에 제안할 만한 가치가 있는가, 아니면 허무맹랑한 환상에 불과한가."

첫 발언자는 국정원의 고위 분석관이었다. 그는 책을 탁자에 내려놓으며 말했다.

"이거는 말이 안 됩니다.

수령의 동상을 통째로 이전한다? 평양 광장에 있는 수령의 동상은 그 체제의 심장입니다. 그걸 공원 한곳에 모은다는 건 북측 체제에 심장을 들어내겠다는 말이나 다름없습니다. 받아들일 가능성은 제로에 가깝습니다."

다른 이도 곧장 말을 이었다.

"더 큰 문제는 퇴임이라는 개념입니다.

지금 북측은 삼대 세습 체제를 유지 중이고, 북측 최고 지도자도 이미 딸에게 권력을 넘기려는 징후가 곳곳에서 포착되고 있습니다.

그런 정권에서 임기제요? 퇴임 후 은둔 생활이요? 시도조차 할 수 없는 이야기입니다."

회의장은 빠르게 냉소와 현실론이 뒤섞인 분위기로 굳어갔다.

"정권 유지를 목숨처럼 여기는 자들이 과연 이런 퇴로를 고려하겠습니까?"

"유토피아 같은 이야기입니다. 이것은 남한 사람들이나 감탄할 일이지 북측에선 듣자마자 코웃음 칠 겁니다."

김 비서관은 입을 다문 채 조용히 이 모든 반응을 지켜보고 있었다. 회의실 벽에 걸린 시계가 느리게 초침을 옮기는 사이, 그는 손끝으로 책 표지를 다시 한번 매만졌다.

『남북 모두가 승리자가 되는 통일 방안』

정말 이건 단순한 꿈에 불과한가…?
그는 아직 말을 하지 않았다.
그러나 마음속에서 천천히 그리고 깊숙이 하나의 대답이 자라고 있었다.
회의실 안의 공기는 어느새 회의라기보단 부정의 합창처럼 가라앉고 있었다.

그러나 그 와중에도 조심스럽게 손을 든 이가 있었다.

외교부 통일 전략과의 한 중견 국장이었다. 그는 다소 조심스럽게 입을 열었다.

"물론 이 방안이 현실적으로 거부감을 줄 수 있다는 점은 동의합니다. 하지만 저는 이 제안이 아주 불가능한 이야기라고 보지는 않습니다."

회의장이 일순 조용해졌다.

모두가 그를 바라보았다.

"지금의 북측 정권은 사실상 외교적으로 고립되어 있고, 경제적으로는 체제와 내부 부패, 자원 고갈로 인해 심각한 위기 상태에 놓여 있습니다.

선대들이 강조해 온 통일이라는 슬로건조차 버렸습니다. 노동신문에는 아예 통일이라는 단어조차 보기 힘듭니다. 오히려 통일의 상징이었던 조형물과 벽화 등을 철거하고 있지요. 그건 체제의 방향이 바뀌었기 때문이 아니라, 말 그대로 자포자기한 것입니다."

그는 말을 이어 갔다.

"지금 북측의 외교 전략은 오직 하나입니다. 핵, 그 하나로 미국과 협상해 제재를 푸는 것, 그러나 이것은 오래갈 수 없는 노선입니다.

미국이 그렇게 쉽게 속지 않죠, 설령 일정 부문 제재가 완화되더라도 개혁 개방 없이 장기적인 경제 회복은 불가능합니다."

그의 말에 몇몇 참석자들이 고개를 끄덕였다.

"그리고 바로 그 지점이 이 제안이 갖는 잠재력입니다. 북측은 개방이 필요하지만, 그것이 곧 세습 체제의 붕괴를 가져올까 두려워합니다. 그런데 이 책은 말합니다. 퇴로가 있다고. 존엄을 지키며 물러나는 길이 있다고."

김 비서관의 가슴이 조용히 울렸다.

그는 지금 바로 그가 책을 읽으며 느꼈던 그 통찰을 말하고 있었다.

"물론 쉽지 않습니다. 하지만 최고 지도자 퇴임 이후에 안전, 체제의 상징물 이전이라는 형식적 존속, 핵 보유의 동결이라는 세 가지 조건을 통해 명예로운 퇴장을 선택할 수 있다면, 이건 북측 정권 입장에선 최초이자 마지막의 살아남는 시나리오일 수 있습니다."

회의실은 조용해졌다.

부정적인 반응을 쏟아 내던 사람들도 더는 쉽게 비웃을 수 없었다.

그때였다. 안보실 자문위원관 중 한 사람이 조용히 손을 들었다.

"여러분, 북측 정권의 무자비한 숙청의 역사 자체가 그 체제의 불안정성을 가장 적나라하게 보여 주는 증거입니다. 체제가 안정되어 있다면 그렇게 극단적인 숙청이 반복될 이유가 없지 않습니까?"

참석자들은 숨을 삼키며 그의 말을 들었다.

"왕정 국가도 아닌 이상 공산주의를 표방하는 나라에서 3대 4대 세습이라니, 이미 세계의 웃음거리입니다.

역사는 반복됩니다. 루마니아의 차우세스크가 어떻게 되었습니까? 시리아의 아사드는 결국 러시아의 손아귀에서 생명을 연장하고 있지요. 북측이라고 다를 이유가 없습니다. 시간 문제일 뿐, 결말은 이미 정해져 있는 것이지요."

그는 마치 선언하듯 말을 이었다.

"더군다나 지금 북측 내에서는 한국 문화, 드라마, 음악, 패션까지…. 그 모든 것이 조용히 퍼지고 있습니다. 아무리 단속해도 이미 통제 밖입니다. 젊은 세대는 평양보다 서울을 꿈꿉니다.

이런 상황에서 정권이 무너지게 된다면 그 모든 동상과 조형물들, 선대의 동상들과 북측 지도자의 이름으로 세워진 것들의 운명은 어떻겠습니까?"

그는 고개를 저었다.

"상상만 해도 끔찍합니다. 무너진 동상, 파괴된 벽화, 피 흘리는 권력자들.

그런 식의 붕괴가 과연 북측 권력 입장에서 바람직합니까? 그런 식으로 끝이 나야지만 속이 시원하겠습니까?"

그의 시선이 회의실을 한 바퀴 훑었다.

"그래서 저는 지금 이 제안서가 갖는 의미를 다시 생각해 봐야 한다고 봅니다.

단지 북측 체제를 살려 주는 것이 아닙니다. 붕괴가 아니라 연착륙의 길을, 피가 아닌 합의의 길을 제안하는 겁니다."

그 순간, 통일부 장관이 고개를 끄덕였다.

그의 말 한마디 한마디가 책을 읽던 김 비서관 자신의 마음과 꼭 닮아 있었다.

회의장에 잠시 정적이 돌았다.

분위기는 다시 고조되고 있었고, 김 비서관은 깊은숨을 들이켰다.

그가 입을 열자, 모든 시선이 그에게로 쏠렸다.

"지금까지 우리는 주로 북측 정권의 불안정과 몰락의 전조를 이야기하였습니다. 그러나 저는 이 제안이 연착륙 전략으로서 의미가 있다고 생각합니다."

회의장 한편에 앉은 외교부 국장이 고개를 끄덕였다.

"북측은 핵과 제재 외에 대안이 없는 코너에 몰렸고, 내부적으로도 개혁을 요구하는 목소리가 점점 커지고 있습니다.

이는 단순한 추측이 아닙니다. 실제로 2023년부터 시작된 '반동사상 문화 배격법' 시행은 한국 드라마나 케이팝 등을 금지하려는 강경 대응으로 귀결되었습니다. 체제 내부에 한국 문화가 빠르게 확산되고 있으며, 청소년을 노골적으로 단속하는 등, 대응 수위가 점점 격화되고 있죠. 이건 그냥 문화 전쟁

이 아니라 체제의 생존을 건 마지막 전투입니다.

하지만 문제는 이런 통제에도 불구하고 이미 한국 문화는 젊은 층 사이에 깊숙이 스며들고 있다는 겁니다. 많이 드러나지 않을 뿐, 내부적으로는 서울을 꿈꾸는 사람들이 늘어나고 있다는 증언도 있습니다."

김 비서관은 책상의 자료를 가리켰다.

"만약 우리가 통일공원 방안을 통해 '통일은 체제의 종말이 아니다'라는 메시지를 체계화한다면, 북측은 내적으로 폭발하기보다 제3의 출구를 찾을 수 있습니다.

퇴임 후의 안전, 존엄과 위신을 지키는 정치적 퇴로, 핵 동결의 상징적 지위는 완전합의 통일 될 때까지 정권의 생존 확률을 더 안정적으로 만듭니다."

회의장에는 긴 침묵이 흘렀다.

마침내 한 고위 관료가 입을 열었다.

"말하신 대로라면, 북측 내 개혁 개방을 유도하면서도 체제 붕괴를 막는 비폭력적 탈출이 가능한 셈이군요. 현 지도부도 내부 불만을 무마하면서 스스로 존립 기반을 구축할 수 있다 이거죠?"

김 비서관은 고개를 끄덕이며 말을 이었다.

"맞습니다. 실제로 북측 지도자 정권이 내부 불안 요소를 줄이기 위해 핵과 정치적 핵심을 점진적으로 집단 지도 체제에 양도할 가능성도 배제할 수 없습니다."

회의실에 공기는 조금 달라졌다. 부정적인 견해가 여전했지만, 이제 실질적인 가능성을 바라보는 시선이 서서히 늘어 가고 있었다.

이 회의는 이제 단순히 평가하는 자리가 아닌, 정책의 문을 열 수 있는 분수령이 되고 있었다.

통일부의 판단

통일부 회의장 공기가 점점 진중해질 무렵, 회의 내내 침묵하던 통일부 장관이 마침내 입을 열었다.

그가 천천히 자리에서 일어나는 순간 좌중은 일제히 고개를 들고 그의 얼굴을 주시했다.

장관의 목소리는 낮았지만 단단했고, 그 내용은 모두가 한 번쯤 생각했지만 말로는 꺼내지 못했던 핵심을 찔렀다.

"남북 통일 협상이 성공하기 위해서는 반드시 해결해야 할 선결 조건이 있습니다.

첫째, 북측의 정치 체제는 점진적으로라도 반드시 민주화되어야 합니다. 정권의 세습은 이제 끝내야 합니다.

북측 최고 지도자는, 예를 들면, 5년 정도의 임기를 설정하고, 그 임기를 마친 후에는 권력을 집단 지도 체제에 이양해야 합니다."

회의장 참석자들이 눈빛을 교환했다.

그것은 이상이 아니라, 목표가 되기 시작한 순간이었다.

"둘째, 최고 지도자의 퇴임 이후의 안위가 보장되어야 합니다. 단순한 생존이 아니라 통일을 주도한 공로자로써 예우와 품위를 지키며, 백두혈통의 가족들과 함께 여생을 조용하고 여유롭게 보낼 수 있는 환경이 필요합니다."

그는 이내 자리에 앉았지만 회의장에는 작은 파문이 퍼지고 있었다.

그 말은 단순한 이상론이 아니었다. 그동안 말로 꺼내기 꺼렸던, 그러나 모두가 언젠가는 직면해야 할 본질적인 교환 조건이었다.

'민주화와 안전 보장'.

이 두 가지가 동시에 충족될 수 있을 때 비로소 북측 정권은 협상 테이블에 진심으로 나설 수 있다는 메시지였다.

이제 회의는 현실성 없는 제안에 대한 검토가 아니라, 현실을 가능하게 만드는 조건들을 세우는 단계로 접어들고 있었다. 그리고 김 비서관은 알았다.

이날의 회의는 훗날 역사가 기록할지도 모를 '통일 전략의 전환점'이 될 수 있다는 것을.

통일부 장관이 다시 입을 열었다.

장관의 목소리는 명확했고, 한치의 감정도 담기지 않은 냉정한 분석이었다.

"남북 국민들의 정서상, 통일 한국의 국토 위에 개인 숭배의 상징물들이 그대로 존재하는 것은 매우 민감한 문제입니다. 결국 일부는 철거 대상이 될 것이고, 일부는 훼손될 우려도 있습니다. 그러나 그 반대편 북측 지도자의 입장에서 생각해 보십시오."

그는 조용히 눈을 들어 회의석을 둘러보았다.

"통일을 못 하면 못 했지 자신의 선대들 그리고 자신의 동상이 철거되거나 무너지는 모습만큼은 절대로 용납할 수 없을 겁니다. 그것은 그들의 세계관에서 '정권의 종말'이 아니라 '존재의 부정'입니다."

그 말에 몇몇 참석자들이 무겁게 고개를 끄덕였다.

"바로 그렇기 때문에 통일공원의 조성이 필요한 것입니다. 그것은 단지 조형물을 옮기는 문제가 아니라 체제의 상징을 물리적으로 해소하면서도 보존하는, 절묘한 정치적 타협입니다."

장관의 손끝이 테이블 위에 놓인 책을 다시 가볍게 두드렸다.

"북측 통일공원에 그 조형물들을 이전하고, 그것을 국가 차원에서 관리하며 연구와 교육, 역사적 성찰의 공간으로 재구성한다면 양측 모두의 정서를 만족시킬 수 있습니다.

남한은 민주주의 관점에서 그것을 비판적 유산으로 다루고, 북측은 그 유산이 영구히 사라지지 않는다는 점에서 체제의 명맥을 잇는다는 상징을 가질 수 있습니다."

회의장이 잠시 술렁였다.

이제까지 막연한 이상으로 여겨졌던 '통일공원'이라는 개념이 점점 현실의 해결책으로 구체화되고 있었다. 장관은 천천히 고개를 숙이며 결론을 내렸다.

"우리가 진정 평화적 통일을 원한다면, 단지 우리의 입장에서만 통일을 구상해선 안 됩니다.

그들이 감내할 수 있는 출구, 그들이 받아들일 수 있는 존엄을 우리가 먼저 상상해야 합니다. 그게 바로 이 제안의 출발점이자 통일의 열쇠입니다."

말이 끝나자, 회의실 안에는 길고 깊은 침묵이 흘렀다.

김 비서관은 고개를 숙인 채 장관의 마지막 말을 되뇌었다.

'그들이 받아들일 수 있는 존엄을 우리가 상상해야 한다.'

장관도 잠시 말을 멈추고 회의실에 앉아 있는 사람들의 표정을 살폈다.

"이제 북측이 핵을 당장 완전히 폐기하리라 기대하는 것은 현실성이 없습니다. 일단 핵을 현 상태에서 동결하고, 중립국 국제 감시단이 그 운영을 상시 감시하도록 합니다."

장관은 말을 이었다.

"반대로 북측이 그토록 두려워하는 한국의 현무 계열 미사일들 역시 북측 감시하에 운영하도록 합니다.

물론 기술적 및 생산 분야 접근은 제외합니다. 남북이 치명

적 무기에 대한 상시 감시 체제를 갖는 것입니다. 이건 단순한 무장 해제가 아니라 상호 억제력을 인정한 상태에서의 신뢰 회복입니다.

이 제안도 북측에게는 완전 통일될 때까지 정권 보장의 출구가 되고, 한국에게는 핵 없는 한반도를 향한 첫 걸음이 됩니다. 핵 폐기를 유예하되 확산과 위협을 철저히 막는 길입니다. 그리고 통일 후 핵 폐기 결정권을 통일정부가 갖는 것입니다. 현무 미사일은 남북이 군사적 위협이 사라지면 국제 사회의 규제 대상이 아니니까 남북의 합의로 언제든지 감시 해제를 할 수 있는 것입니다.

그리고 여기에서 감시라는 것은 동결을 의미하지는 않습니다. 다만 현무 미사일로 북측수뇌부를 불시에 공격하는 것을 감시한다는 뜻입니다."

김 비서관은 알았다.

이 순간, 누군가 그 상상을 끝까지 밀어붙여야만 한다는 것을. 그리고 그것은 바로 지금 이 방을 조용히 지켜보던 자신도 그 역할의 일원이라는 것을.

며칠 후, 청와대 본관 대통령 집무실.

김 비서관은 책 한 권과 회의록을 손에 들고 조심스럽게 문을 열었다.

집무실 안은 조용하였고, 대통령은 창밖을 응시하다가 그가 들어오자 고개를 돌렸다.

"오랜만입니다, 김 비서관. 통일부 회의는 잘 다녀왔습니까?"

그는 조심스럽게 책을 내려놓았다. 표지에 큼직하게 적힌 제목.

『남북 모두가 승리자가 되는 통일 방안』

대통령의 눈썹이 미세하게 꿈틀거렸다.
하지만 그는 아무 말 없이 손짓으로 자리에 앉으라 했다.
김 비서관은 앉자마자 차분히 입을 열었다.
"이 책은 통일부 내부에서 검토한 민간 연구자의 구상으로 통일부 장관의 요청으로 검토 회의가 이루어졌습니다.
대부분은 회의적이었지만, 소수의 고위 관계자들과 통일부 장관 그리고 제가 보기에는… 매우 전략적으로 중요한 접근이었습니다."

그는 핵심만을 설명해 주었다.
대통령은 말없이 책을 펼쳐 훑기 시작했다. 몇 장을 넘기자, 고개를 끄덕이는 듯한 미묘한 표정이 지나갔다.
며칠 후, 대통령 집무실에서 안보수석, 김 비서관, 통일부장관, 안기부장, 국방부장관이 모여 대통령과 협의하였다.
모두가 이 현실적 통일 해법의 무게를 가늠하고 있었다.

대통령이 조용히 물었다.

"이 방안, 북이 받아들일 가능성은 얼마나 됩니까?"

통일부 장관이 말했다.

"지금은 거의 0%입니다. 하지만 우리가 통일공원과 체제 보장의 카드를 제시하면 핵 문제에서도 일부 전향적인 반응이 나올 수 있을 것입니다. 이건 단순한 협상이 아니라 정권 생존을 거래하는 수준의 역사적 전환이 될 것입니다.

대통령님, 모든 것을 잃느냐, 일부를 지키느냐 하는 선택을 북측에게 던지는 것입니다. 그 길 말고는 장기적으로 북측이 살아남을 방법이 없습니다. 그것을 북측 지도자도 알고 있을 것입니다. 문제는… 우리가 그 출구를 먼저 상상할 용기를 가지느냐입니다.

그때 우리가 내밀 수 있는 마지막 제안이 이 통일 방안이어야 합니다."

대통령이 한참 동안 말이 없었다.

그의 눈은 멀리 어디를 응시하고 있었다.

그가 마침내 중얼거리듯 말했다.

"역사라는 건 준비된 자에게만 기회를 주는 법이죠. 좋습니다. 외교안보와 통일부, 국정원과 함께 비공식 경로를 가동해 보십시오. 우리가 먼저 문을 열어 줘야겠죠."

그 순간, 김 비서관은 알았다. 조용히 움직이던 역사에 이제 불이 들어왔다는 것을.

밀사의 만남

파리 조베 호텔, 스위트룸.

새벽 2시. 밤이 깊어 조용한 파리의 거리에도 이국의 공기가 묵직히 내려앉은 시각.

조베 호텔의 스위트룸에서 남측 대통령 비서실 김일남 통일 담당 비서관과 북측 호위사령부 참모 이종북 상좌가 마주 앉았다.

긴 비행 끝에 도착한 두 사람의 눈에는 피곤이 스쳤지만, 그 속엔 결연함이 서려 있었다.

잠시 정적이 흘렀다.

오래전부터 알고 지낸 듯, 그러나 처음 보는 사이처럼 경계 속에 맞잡은 그들.

간단한 인사를 마치고 김 비서관이 입을 열었다.

"상좌 동지, 남쪽의 대통령께서는 북쪽 지도자님의 최근 통일을 위협하는 일련의 조치들을 보고 매우 안타깝게 여기고 계십니다. 그 조치들 속에서 우리는 단절과 퇴행의 기운을 느낍니다."

이종북 상좌는 미간을 좁혔으나, 말을 막지는 않았다. 김 비서관은 이어 갔다.

"사실 우리 남북은 지난 수십 년간 정책이라는 이름으로 많은 것을 시도했지만, 결과적으로는 서로를 설득하지 못했습니다.

하나의 틀을 만들지 못했습니다. 우리 쪽도 북쪽도 진정 함께 수용할 통일 정책을 가져 본 적이 없습니다."

잠시 말을 멈춘 김 비서관은 창밖으로 시선을 돌렸다.

파리의 밤하늘은 낯선 별빛으로 흐릿했다.

"남과 북의 국민들 중 통일을 원치 않는 이가 누가 있겠습니까? 그러나 이상만으로는 현실을 움직일 수 없습니다. 실현 가능한 계획, 적으로 보지 않는 구조. 그것이 지금까지 없었던 것입니다."

이종북 상좌가 고개를 들고 반문했다.

"그렇다면 김 비서관 동지는 이제 그 해답을 갖고 있다는 말입니까?"

김 비서관은 단호히 고개를 끄덕이며 말했다.

"그 해답이 있어 이 자리에 왔습니다.

모두가 승자가 되는 새로운 통일 방안, 어느 한쪽이 사라지지 않는 상생의 안이 대통령께서 이를 북측에 직접 전하고자 하십니다."

조용한 방안에 또다시 정적이 흘렀다. 그리고 이종북 상좌의 입가에 미세한 변화가 스쳤다.

'회의인가? 기대인가?'

김 비서관은 천천히 가방을 열어 두 권의 책을 조심스레 꺼냈다.

겉표지는 은은한 파란색, 제목은 금박으로 찍혀 있었다.

『남북 모두가 승리자가 되는 통일 방안』

그 제목만으로도 북측 군인 출신의 이종북 상좌는 눈썹을 한 번 들썩였다.

김 비서관은 책을 테이블 위에 내려놓으며 말했다.

"책의 내용에 대해서는 제가 말씀드리지 않겠습니다. 직접 읽어 보시면 될 것입니다.

대통령께서도 이 책을 읽어 보시고는, 지금까지와는 전혀 다른 색다른 내용이 들어 있다고 말씀하셨습니다."

이종북 상좌는 무표정한 얼굴로 책을 바라보았다.

그의 손은 아직 움직이지 않았다.

"남측 통일부에서도 이 책에 대해 신중히 검토하고 있으며, 일부 내용은 현실 적용 가능성까지 논의되고 있습니다.

통일이라는 말이 허상처럼 들리는 이 시대에 누군가가 진심을 다해 통일 방안 해법을 제시하였다는 점에서 적어도 주목은 받고 있는 셈입니다."

김 비서관은 숨을 들이마시고 말을 이었다.

"상좌 동지께서 북측에 관련 부서와 함께 이 책을 검토해 보시고, 관심이 있으시다면 남북 공동으로 검토할 수 있는 자리를 만들 용의가 있습니다.

연락만 주신다면 공식적이든 비공식적이든, 우리 측은 준비가 되어 있습니다."

그는 책 위에 손을 얹고 가볍게 눌렀다.

"다만, 아무런 연락이 없다면 북측에서는 이 책에 아무런 관심이 없는 것으로 간주하고, 이 일은 없었던 일로 정리될 것입니다."

잠시 침묵이 흘렀다.

김 비서관은 마지막으로 고개를 들고, 이종복 상좌의 눈을 똑바로 바라보며 말을 마무리했다.

"대통령께서 특별히 최고 지도자님께 전해 달라고 하신 말씀이 있습니다."

이종복 상좌가 고개를 들었다.

"남북이 서로 경쟁해서 한쪽이 손해를 보고, 다른 쪽이 이득을 보는 방식의 통일이나 협력에는 대통령께서는 찬성하지 않는다고 하셨습니다."

김 비서관은 천천히 말을 이어 갔다.

"남과 북이 다 같이 이익을 보고 다 같이 승리자가 되는 그런 정책만이 통일의 길이라고 대통령께서는 진심으로 믿고 계십니다.

이상으로 전해 드릴 말씀은 여기까지입니다."

말이 끝나자 잠시 정적이 흘렀다.

파리의 새벽빛이 커튼 사이로 살며시 들어와 대리석 바닥에 내려앉았다.

이종북 상좌는 조용히 펜을 들어 메모를 마쳤다.

검은 가죽 노트를 덮으며, 고개를 들어 김 비서관을 정면으로 바라보았다.

"귀측의 의견 잘 들었습니다. 말씀하신 내용은 우리 정부에 빠짐없이 전달하도록 하겠습니다."

두 사람은 묵묵히 일어섰다.

그리고 마주 서서 서로를 한동안 바라보았다.

짧지만 의미 있는 시간이 흐른 후, 그들은 악수를 나눴다.

손끝은 차가웠지만, 악수는 따뜻했다.

이 순간이 한 시대의 갈림길일지 혹은 또 다른 침묵의 시작일지는 아무도 알 수 없었다.

그러나 적어도 그날 아침 파리의 작은 호텔 방 안에서는 오래도록 이어져 온 분단의 시간 속에 한줄기 소통의 길이 생길 수도 있다는 희망을 갖게 했다.

두 사람은 각자의 길로 조용히 떠났다. 다시 만나게 될지 모를 여운을 남긴 채….

* * *

평양 조선 노동당 청사 최고 지도자 집무실.
한줄기 햇살도 비춰 들어오지 않는 회색빛 집무실.
두꺼운 방탄유리 뒤편으로는 평양의 거리 풍경이 작게 흔들리고 있었다. 긴 테이블 중앙에는 남쪽에서 전달된 책자 두 권과 함께 두툼한 보고서가 놓여 있었다.
제목이 금박으로 박힌 『남북 모두가 승리자가 되는 통일 방안』은 위엄보다는 기묘한 긴장감을 자아내고 있었다.
최고 지도자는 무표정한 얼굴로 책자를 내려다보다가 호위사령관과 이종북 참모를 번갈아 바라보았다.
고요한 침묵이 방 안을 지배하고 있었다.
"남쪽에서 보내온 이 책자와 보고서 내용 그대들은 어떻게 생각하나?"
먼저 반응한 건 호위사령관이었다. 그는 자리에서 반쯤 일어나듯 몸을 앞으로 내밀며, 불쾌감을 숨기지 않았다.
"장군님, 저 남쪽 놈들 머리가 어떻게 된 게 틀림없습니다. 감히 이 조선에 통일을 운운하고 듣는 귀를 의심할 정도입니다.

조선은 장군님의 나라입니다. 장군님 없는 조선은 상상할 수도 없습니다."

지도자는 말없이 그의 말을 듣고 있었다.

잠시 후, 이성북 상좌도 조용히 고개를 들고 말을 이었다.

"보고서 내용 중엔 조선의 동상들을 옮겨 '통일공원'이라는 데로 이전하자는 말까지 있습니다. 전혀 상식 밖입니다.

조선을 모욕하는 발상입니다. 이런 내용은 상대할 가치조차 없습니다."

분노인지, 조롱인지 모를 말투였다.

그러나 그 속엔 어딘가 끼림칙한 두려움이 잠겨 있었다.

지도자는 잠시 시선을 먼데 두고 생각에 잠겼다.

바닥에 드리워진 그림자 위로 그의 손이 천천히 책장을 넘겼다.

그리고 이내 책을 덮으며 중얼거렸다.

"그래, 맞다. 이런 건 없었던 걸로 하지."

말은 짧았지만 단호했다.

그의 눈빛은 찬물처럼 식어 있었고, 집무실 안에 공기도 얼어붙었다.

그렇게 남에서 건너온 책자와 거기 담긴 제안들은 한순간 해프닝처럼 치부되었다.

문서들은 이내 다른 보관함으로 치워졌고, 누구도 다시 그 이야기를 꺼내려 하지 않았다.

그러나 한 번 열린 균열은 아무리 봉합하려 해도 흔적을 남기기 마련이다.

그날 밤, 지도자 관저 침실 서재.

새벽 2시. 모두가 잠든 시간이었다.

간부들은 집무실을 떠났고, 호위병들도 복도 밖에서 교대 중이었다.

지도자는 조용히 일어나 서재의 문을 열었다.

조심스럽게 책장을 열어 어둠 속에서 책 한 권을 꺼냈다.

『남북 모두가 승리자가 되는 통일 방안』, 그 책이었다.

낮에는 단호하게 없던 일로 하라고 명령했던 그 책을 다시 손에 들고 있었다.

책상 위 조명 하나만 켜자, 희미한 불빛 속에 금박 제목이 다시 살아났다.

지도자는 천천히, 마치 금기를 깨듯 첫 장을 넘겼다.

"통일은 승자의 깃발이 아니다. 그것은 고통받는 민족이 서로의 눈물을 닦아 주는 순간이다."

첫 문장부터 가슴에 무언가가 박혔다.

오랜 시간 적대와 투쟁만을 강조해 온 체제 속에서 자라 온 그는 '승자 없는 통일'이란 말이 무엇을 뜻하는지 선뜻 이해할 수 없었다. 그러나 어쩐 지 낯설지 않았다.

몇 장을 넘기자, 저자는 이렇게 쓰고 있었다.

"세습과 독재 그리고 우상화는 무너지기 위한 탑이다. 그러나 무너지기 전에 스스로 내려오는 지도자는 역사의 보호를 받는다."

그 순간, 지도자의 눈동자가 미세하게 흔들렸다. 손이 잠시 멈췄다.
방 안은 조용했고, 시계 초침 소리마저 귀에 들렸다.
누가 보고 있는 것은 아닐까? 불안한 눈빛으로 문을 한번 돌아봤다.
그러나 아무도 없었다.
그는 다시 책에 집중했다.
뒤쪽 부록에는 '남북협력위원회, 집단 지도 체제 구상, 핵 동결과 상호 감시 체제' 등이 상세히 제안되어 있었다.
하나하나 허무맹랑해 보이면서도, 그의 머릿속 어딘가를 찌르고 있었다.

"하나의 조국은 단일 지도자가 아니라 공감과 겸손에서 시작된다."

그는 갑자기 책을 덮었다.
그리고 몇 초간 책을 응시했다.
아무 말도 하지 않았다.

그저 가슴속 어딘가가 깊이 뒤흔들리는 느낌.

익숙한 방식대로 무시하고 지워 버리기가 더 이상 쉽지 않다는 것을 그는 느꼈다.

그는 천천히 일어나 책을 선반에 꽂았다.

그러나 이번엔 맨 뒤가 아니라, 가장 눈에 띄는 중앙에.

새벽이 밝아 오고 있었다.

대륙간 탄도탄 발사

푸른 하늘이었다.

구름 한 점 없는 이른 아침 철의 위용을 뽐내는 발사장이 동해의 바람 속에 침묵을 지키고 있었다.

북측 최고 지도자는 관람대 가장 높은 자리에 서서 짧은 숨을 들이마셨다.

흰 장갑을 낀 손이 묘하게 떨리고 있었지만, 그의 표정은 굳건했다.

뒤로는 인민군 총참모장, 전략로켓사령부의 부대장, 당 군사담당 비서가 일정한 간격을 두고 도열해 있었다.

"오늘은 조선의 날입니다."

총 참모장이 옆에서 말했다. 지도자는 고개를 돌리지 않았다.

얼마 전, 오천 톤급 전투함 최현호급 2번함 진수식에서 진수 진행상의 결함으로 선체가 한쪽으로 기울고, 군악대가 당황해 연주를 멈추던 장면이 뇌리를 떠나지 않았다.

그날 세계는 최고 지도자를 조롱했다.

"이번엔 다르다. 이건 실수가 아니다."

발사장 저편 무광 블랙으로 코팅된 대형 대륙간 탄도 미사일이 기다리고 있었다.

그것은 더 이상 실험이 아니라 세계를 향한 메시지였다.

"우린 여전히 여기에 있다. 그리고 너희를 겨눌 수 있다."

관람대 앞 대형 화면에 붉은 숫자가 카운트 다운을 시작했다.

10… 9… 8….

심장이 박동을 멈추는 것 같았다. 그는 입을 다물고 화면만 응시했다.

마치 전 인류와 눈싸움을 하는 듯한 긴장감이었다.

"3… 2… 1…. 점화!"

거대한 진동음과 함께 땅이 울렸다.

미사일 하단에서 불기둥이 뿜어져 나왔다. 순간 시커먼 연기 속에서 괴물 같은 탄두가 서서히 하늘을 가르며 솟아올랐다.

"비상! 비상! 정상 발사!"

작전 통제소에서 환호가 터져 나왔다.

"비행 각도 안정적입니다."

"고도 상승, 속도 정상."

최고 지도자는 고개를 약간 들어 고요한 하늘을 바라보았다.

그의 입꼬리가 천천히 올라갔다.

모든 게 계획대로였다. 탄도 미사일은 순조롭게 궤적을 따라 돌파하고 있었다.

'우린 미국의 심장부까지 간다.'

그는 속으로 중얼거렸다.

그 순간, 머릿속에 회담장의 모습이 떠올랐다.

워싱턴 혹은 제네바 회담 테이블에 앉아 있는 미국 협상 대표의 당황스러운 표정.

"이번엔 당신들이 양보할 차례야."

그는 이 말을 준비해 왔다.

"좋아, 지금까진 완벽하다."

지도자의 가슴속에서 묵직한 만족감이 일렁였다.

그러나 그 순간이었다. 하늘 저편 미사일이 시야에서 사라지려는 순간 갑작스럽게 하얀 섬광이 번쩍였다.

"뭐야…?"

곧이어 공기를 가르는 굉음.

화구처럼 벌어진 불덩이가 하늘에서 찢기듯 퍼졌고, 미사일이 산산이 흩어져 수백 개의 파편으로 터졌다.

무언가 붉고 뜨거운 조각들이 하늘에서 불꽃처럼 튀어 버렸다.

육안으로도 보일 만큼 생생했다.

최고 지도자는 순간 얼어붙었다.

그리고 그는 자라에서 벌떡 일어났다.

첫 표정은 놀라움이었다.

믿을 수 없다는 듯한 눈동자, 그다음은 분노. 입술이 파르르 떨리고 관자 놀이가 꿈틀댔다.

그는 말없이 몸을 돌렸다. 누구에게도 눈길을 주지 않았다.

어떤 간부도 함부로 말을 걸 수 없었다.

그의 발걸음은 빠르고 무거웠다.

딸 김세령은 당황했지만 곧 조용히 아버지의 뒤를 따랐다.

위원장 전용차까지는 관람대를 지나 300m가 넘는 거리. 그 길을 걸어가면서도 머리 위에서는 미사일의 파편이 하늘을 가로 지르며 산산이 흩어지고 있었다.

저 멀리 바다 위에서 작은 폭발음이 뒤따랐다.

무언가 금속의 잔해가 땅으로 떨어지는 소리도 들렸다.

지도자는 걷고 있었다. 머릿속은 무너지고 있었다.

'왜… 또 왜… 이놈들은 나를….'

그는 차에 오르며 뒤도 돌아보지 않았다.

옆에선 딸도 아무 말 없이 그 옆에 앉았다.

차 문이 닫히는 순간.

"멍청이 같은 놈들."

전용차 내부는 무겁게 가라앉아 있었다.

가장 앞 좌석의 운전병조차도 핸들을 잡은 손에 힘을 주며 눈치를 살폈다.

차 안에 흐르는 공기는 마치 질식할 듯한 중압감으로 뒤덮여 있었다.

지도자는 아무 말이 없었다.

창밖도 보지 않았다.

시선은 앞을 향해 고정되어 있었지만, 그 시선은 무언가를 보지 못하고 있었다.

그저… 분노에 잠식된 한 인간의 고요한 폭풍이었다.

담배 연기는 뿌옇게 차 안을 메우고 있었고, 그 연기 속에서 그의 눈동자는 무섭도록 맑고 차가웠다.

누구도 말을 걸 수 없었다.

그를 수행하던 호위총국 간부들도, 뒤쪽 차에서 따라오던 보좌관들도 그저 숨을 죽이고 따라가기만 했다.

집무실 도착. 간부들이 부리나케 문을 열었고, 위원장은 말 없이 차에서 내렸다.

얼굴은 기이하게 벌겋게 상기되어 있었다.

그는 집무실 문을 쾅 닫고 들어갔다.

"술."

딱 한마디였다.

"작은 잔 말고, 맥주잔 가져와."

보좌관이 망설이자, 그가 다시 한번 쏘아붙였다.

"크게, 아주 크게. 내가 이걸 쏟아부어야 하니까."

소리치지는 않았지만, 그의 목소리엔 날이 서 있었다.

곧 거칠게 부어진 독한 술이 큼직한 유리잔 안을 채웠다.

그는 의자에 털썩 주저앉아 잔을 들고는 단숨에 들이켰다.

벌컥, 벌컥, 벌컥. 꿀꺽거리는 소리가 방 안에 생생히 울렸다.

그리고 잔을 내려놓자마자, 그는 벌떡 일어나 탁자를 주먹으로 내리쳤다.

"멍청한 놈들, 멍청한 놈들!"

탁자 위에 놓인 서류가 펄럭이며 날아갔다.

그는 집무실 이쪽저쪽을 오가며 두 손을 등 뒤로 모았다가, 다시 주먹을 쥐고는 무언가를 치고 또 치며 분노를 쏟아냈다.

"내가 이렇게까지 해 주었는데 뭘 더 어째야 하냐. 미국 놈들이 웃겠구나, 하하하!"

씁쓸한 웃음, 아니, 거의 헛웃음이 터졌다.

아무도 그에게 말을 걸지 않았다.

문밖의 보좌관 4명은 마치 돌로 변한 사람처럼 움직이지 않고 서 있었다.

그는 다시 맥주잔에 술을 가득 따랐다.

이번에는 약간 손이 떨렸다.

잔이 가볍게 부딪히며 찰랑거리는 소리마저 방 안을 채웠다.

벌컥, 벌컥. 다시 술이 그의 식도를 타고 내려갔다.

그의 얼굴은 더욱 벌겋게 달아올랐다.

입가에선 술이 흘러 턱선을 타고 내려갔다.

"나한테 이런 굴욕을 안긴 놈들 전부 다 갈아엎어야 돼."

그는 불쑥 말을 멈추고 고개를 들었다. 눈빛은 취기와 분노가 섞인 채 매섭게 번들거렸다.

지도자는 다시 의자에 앉았다.

그의 눈동자 저 깊숙한 곳 어딘가에, 처음으로 미세한 균열이 생기고 있었다.

스스로도 알아차리지 못한 자기 체제에 대한 '회의'라는 이름의 균열.

보좌관들은 집무실 문 앞에서 한참을 망설이고 있었다.

술을 내어 드린 지 벌써 삼십 분이 넘었지만, 아무도 말이 없었다.

가끔 들리던 발걸음 소리도 사라졌고, 안은 고요했다.

"혹시 또 탁자를 치나, 아니면, 혼자 생각 중이실까?"

그러나 그 순간, 쿵! 무언가 큰 것이 넘어지는 둔탁한 소리가 들렸다. 보좌관은 반사적으로 몸을 굽혀 문고리를 잡았다.

조심스럽게 문을 열고 안을 들여다보는 순간….

"지도자 동지!"

최고 지도자가 집무실 한가운데 반쯤 엎어진 채로 쓰러져 있었다.

의자도 술잔도 넘어져 있었다.

입가엔 흘러내린 술 자국. 눈은 감겨 있었고, 벌겋게 상기되어 있었다.

호위병들이 안으로 뛰어 들어왔다.

순식간에 집무실은 아수라장이 되었다.

의무관은 지도자의 맥박을 짚고, 눈동자를 확인한 뒤 짧게 외쳤다.

"즉시 후송! 전용 병원으로!"

30분 후, 전용 병원.

응급 의료진이 총동원되었고, 그는 무균 수술실로 이송되었다.

CT 결과는 명백했다.

"뇌출혈입니다. 출혈 부위는 좌측 전두엽, 빠르게 진행되면 혼수에 빠질 가능성이 높습니다."

중앙당 정치국원들이 병원 회의실로 소집되었다.

지도자 비서실장 군 참모총장, 지도자의 여동생 김효선, 딸 김세령까지 자리에 있었다.

"지금 이 병원의 실력으로는 한계가 있습니다."

"중국의 베이징 301군 병원에 VIP 전담 신경외과팀이 있습니다. 요청합시다."

몇 분간의 논의 끝에, 외교 안전부가 즉시 연락망을 가동했다.

* * *

중국 베이징.

중국은 북측 최고 지도자의 상태가 중태라는 정보를 전달받고, 중난하이 내부에서도 신속하게 대응이 논의되었다.

"북조선 내부가 동요하지 않도록 빠르게 움직이자."

"신경외과 전문의 셋과 응급내외과 수술팀, 검사 장비, 수술 장비를 전용기로 보내라."

북 중간 직항로를 따라 중국 의료진이 평양으로 급파되었다.

이 시간, 철저한 정보 통제에도 불구하고 전 세계에서 이 소식은 빠르게 퍼져 나갔다.

전 세계 주요 언론은 '북측 최고 지도자 긴급 의료 상황 발생'이라는 소식을 속보로 타전하기 시작했다.

〈북측 최고 지도자가 쓰러졌다〉
〈군부가 움직일 것인가?〉
〈후계 구도는 어떻게 될 것인가?〉

워싱턴에서 NSC가 긴급 소집되었고, 서울에 대통령실 국가안보실도 새벽에 불이 꺼지지 않았다.

베이징과 모스크바 역시 숨을 죽이며 다음 정보를 기다리고 있었다.

*　*　*

전용 병원, 수술 직전.
지도자는 산소 호흡기에 의존한 채 누워 있었다.
딸 김세령은 말없이 아버지의 손을 꼭 붙잡고 있었다.
손이 차가웠다.
"아버지, 지금 이대로 가시면 안 됩니다…."
그리고 그녀는 처음으로 자신에게 주어졌던 권력이라는 것이 얼마나 무거운 유산이었는지를 깨닫고 있었다.
이제 선택의 시간은 다가오고 있었다.
지도자의 회생인가?
권력의 공백인가?
체제의 균열인가?
'침묵의 붕괴'는 이제 조용히 세상을 흔들기 시작했다.

그림자 속의 권력

북측, 평양 0시 40분.

최고 지도자가 뇌출혈로 쓰러졌다는 소식을 정보 통제로 막으려 했지만, 이미 권력 최상층부의 어두운 수로를 타고 번개처럼 퍼지고 있었다.

직접 언급하는 자는 없었다.

그러나 당 고위 간부들과 군부 핵심 장성들은 서로의 눈을 피하지 않았다.

"그분이 의식을 잃으셨답니다."

"살아나도 예전 같지는 못할 거라는 말도 있습니다."

다들 작은 속삭임으로만 말했고, 서로 걷다가 마주치면 말없이 고개를 끄덕이거나 눈빛 하나로 공포와 기대를 동시에 나눴다.

최고 인민회의 청사, 내부 회의실.

비공식 소집된 권력 핵심 7인이 원형 탁자에 둘러앉았다.

회의라 부르지도 못하고 대화라 칭하지도 못하는 침묵과 숨죽인 시간이었다.

"만약의 경우…."

한 노회한 군 장성이 조심스럽게 말끝을 흐렸다.

"우린… 준비가 돼 있어야 합니다."

그 말에 몇몇이 눈을 내리깔았다.

누구도 '권력 승계'란 말을 꺼낼 수는 없었다.

그러나 그 누구도 그 말이 존재하지 않는다고 생각하지 않았다.

그 순간, 지도자의 여동생 김효선이 문을 열고 들어왔다.

"중국 의료진이 도착했습니다."

그녀는 단호한 목소리로 말했다.

"곧 수술이 시작됩니다."

* * *

전용 병원 특수 수술동.

의료진 7명, 통역사 2명, 감시 요원 4명, 베이징에서 급파된 중국군 제301 병원 소속 신경외과 수술팀.

살얼음 같은 긴장 속에서 수술을 준비하고 있었다.

중국 측 의료 팀장은 짧고 단호하게 말했다.

"좌측 전두엽 출혈입니다. 수술 가능성은 있지만… 회복 여부는 장담할 수 없습니다. 성공한다 해도 언어 및 운동 능력 저하 가능성이 큽니다."

북측 의료 총국장이 숨을 삼켰다.

뒤 편에 서 있던 딸 김세령은 얼굴을 들지 못했다.

"살려 내야 합니다."

그녀는 짧게 말했다.

"아버지는 아직 끝나면 안 됩니다."

수술이 시작되었다.

이 시각, 북측 전체는 어둠과 침묵 속에 잠겨 있었다.

그러나 간부들의 전화기에는 조용히 불이 켜졌고, '각 지역의 군단 지휘부와 공안 간부들은 가능한 모든 비상 대기 상태를 유지하라'는 지시와 함께 전달되는 명령에 따라 움직이기 시작했다.

누구도 권력 공백이 발생했다고 말하지 않았지만, 모두가 그것을 준비하고 있었다.

병원 복도 수술 시작 30분 후. 동생 김효선은 병원 벽에 등을 기대고 서 있었다.

"오라버니, 이렇게 갑자기 가면 안 돼요…."

그리고 권력은 지금 끝없이 진공 상태로 빨려들어 가고 있었다.

그 공백 속에서 누군가는 꿈틀거리고, 누군가는 침묵 속에 칼을 갈고 있었다.

"그림자 속의 권력…."

이제 수술대 위에서 숨을 죽이고 있었다.

북측은 지금 한 사람의 심장 박동에 달려 있었다.

침묵의 48시간

긴장 속에서 수술이 끝났을 때, 시계는 3시 28분을 가리키고 있었다.

수술실 문이 열리고 수술복에 피와 땀, 피로가 뒤섞인 중국 의료진이 한 명씩 모습을 드러냈다.

최고의 신경외과 전문의라지만 그들의 눈동자도 결코 확신이 차 있지는 않았다.

의료팀장인 중국인 왕 교수는 깊은 숨을 내쉬며 말했다.

"최선을 다했습니다. 출혈은 완전히 제거했고, 부종도 억제했습니다. 지금부턴 본인의 생리 반응과 회복력에 달려 있습니다."

김효선과 김세령이 서 있던 자리에 침묵이 흘렀다.

"의식은 언제쯤 돌아올 수 있습니까?"

김효선이 물었다.

목소리에서 떨림이 느껴졌다.

"우리는 48시간 이내에 반응이 오기를 희망하고 있습니다."

왕 교수는 신중히 말을 골랐다.

"빠르면 좋지만, 시간이 늦어질수록 회복은 점점 어려워집니다. 의식이 없으면 판단력, 언어, 기억이 영향을 받을 가능성이 높습니다. 그 이상은… 아무도 장담할 수 없습니다."

1일 차, 정지된 시간.

48시간의 시계는 병원 외벽 대형 모니터에 맞춰졌다.

매분이 흐를 때마다 당 간부들, 군 고위장정들이 눈치를 살폈다.

전국은 사실상 준 비상사태였다.

국영 방송은 예전 행사 장면과 혁명 전통 영상만 반복 송출되었다.

지도자는 심장 박동기에 연결된 채 병실 깊숙한 곳에서 무표정으로 누워 있었다. 눈은 감겨 있었고, 손끝 하나 움직이지 않았다.

2일 차, 응답 없는 시간.

48시간이 지나도 그의 눈꺼풀은 한번도 떨리지 않았다.

의료진은 정기적으로 신경 반응을 확인했지만, 결과는 변화

없음이었다.

당 중앙 정치국 회의는 비공식적으로 한 차례 소집되었다.
누구도 '권력 승계'를 입에 올리지 않았지만, 모든 눈빛은 그것을 말하고 있었다.
"일주일이 지나면… 판단을 내려야 하지 않겠나?"
노회한 한 간부는 조용히 말했다.
그 말에 권력의 주변부부터 변화가 감지되기 시작했다.
조선인민군 일부 사단에서는 독자 보고 체계를 따로 구축하기 시작했다.
보위성 고위 간부 몇 명이 비밀리에 모였다는 소문도 돌기 시작했다.
중앙통신은 조심스럽게 '위원장 동지께서 휴식을 취하고 계신다'는 짧은 멘트를 송출했다. 하지만 그 말은 오히려 모든 의심을 증폭시켰다.

4일 차, 선택의 문턱.
그날 밤 정치국 핵심 5인이 모였다.
"중국 의료진의 보고서 원본을 받았습니다."
외교 안전 부장이 낮은 목소리로 말했다.
"의식 회복 가능성 20% 이하. 단기 회복은 불가. 식물인간 상태에 근접한 중환자라는 평가입니다."

정적…. 짧은 숨소리마저 멈췄다.

그때, 누군가 조용히 말했다.

"이제 대안을 논의할 때입니다."

그 말은 마치 누군가가 금기에 봉인을 열어 버린 것 같았다.

그리고 그 순간, 조선이라는 이름의 체제는 처음으로 지도자 없는 세상을 상상하기 시작했다.

임사 체험

지도자가 치료를 받고 있는 전문병원 병실에는 적막감이 흐르고 있었다.

수술 후 며칠을 초조하게 기다리고 있던 의료진들은 이제는 할 수 없이 의식 회복만을 기다리고 있게 되었다.

수술 후 일주일 넘게 회복이 되지 않자, 의료인들의 분위기도 침체되어 아무도 함부로 말을 꺼내지 못하는 상황이었다.

며칠째 혼수상태인 지도자는 특별한 임사 체험 상태로 들어갔다.

영혼이 몸을 떠나 어디론가 가고 있었다.

저 멀리 희미한 빛이 보였고, 그 빛을 향하여 한 가닥의 길이 뻗어 있었다.

지도자는 그 길을 따라 빛을 향하여 나아가고 있었다.

그곳에는 커다란 강당 같은 홀이 있었으며, 그 강당 한편에는 탁자와 세 개의 의자가 놓여 있었다.

두 곳의 의자에는 돌아가신 할아버지 수령님과 아버지 장군님이 앉아 있었다.

지도자는 고개를 숙여 인사를 했다.

"할아버지, 아버님, 안녕하셨어요? 제가 인사드립니다."

할아버지 수령님과 아버지 장군님이 고개를 끄덕이며 근심스러운 표정으로 인사를 받았다.

할아버지 수령님이 말씀하셨다.

"손자야, 네가 쓰러진 뒤 지금 조선이 어떻게 돌아가고 있는지 알기나 하냐? 저기를 봐라."

할아버지 수령님이 가리키는 곳을 보니 강당의 한편에 지상의 상황을 훤히 볼 수 있는 공간이 마련되어 있었다.

아래쪽을 내려다보니, 중국 인민 해방군 총참모부가 '북방비상계획'을 가동하고 있었다.

북측에서 권력 공백 사태가 발생하고 권력 다툼으로 인하여 내전 상태가 될 수도 있고, 대량의 난민이 중국으로 넘어오고, 이를 선제적으로 예방하기 위하여 중국군이 북측 지역의 일부를 장악하려고 출동 준비를 하고 있었다.

"저쪽을 봐라."

그쪽은 러시아 군대가 북러 방위조약을 근거로 블라디보스토크 인근에 진을 치고 동해안으로 상륙할 준비를 갖추고 병력을 운반할 함선까지 대기하고 있었다.

"저쪽 남쪽을 봐라."

휴전선 남쪽엔 한미연합군이 언제라도 출동할 준비를 갖추고 대기하고 있었다.

"내전이 일어나면 이들을 막을 방법이 없다. 평화 유지군으로 들어온다는데, 4개국을 상대로 전쟁을 할 것이냐?

핵무기가 있으면 무엇 하나? 북조선 내에서 상황이 벌어지는데, 북조선 인민 머리 위에 핵무기를 터트릴 것이냐?"

할아버지 수령님이 큰 한숨을 내쉬었다.

"내가 죽은 후 제일 크게 후회한 것이 자식에게 권력을 세습한 것이었다.

지금 북조선 인민들과 남조선 인민들이 사는 형편을 비교해 봐라. 이것이 남조선 지방 도시의 아파트 전경이다."

약 100세대 정도의 아파트 전경이 내려다보인다.

저녁 늦은 시간이어서 모두 퇴근하여 귀가한 상황이었다.

"봐라, 아파트 100여 세대에 자가용 자동차가 120대나 주차되어 있다. 한 집마다 차가 1대 또는 2대가 있다는 것이다.

서울도 아니고 지방 아파트다. 이것이 보편적인 남조선 생활상이다. 그리고 여기를 보아라."

평양 변두리의 100여 세대의 아파트 단지가 내려다보였다.

저녁 시간인데도 단 한 대의 차도 주차된 것이 없었다.

평양의 일반 시민들은 자가용차를 탈 엄두도 못 낸다.

"아파트의 창문들을 봐라. 남쪽 아파트는 세대마다 전부 에어컨 실외기가 설치되어 있다. 하지만 북조선 아파트를 봐라. 단 한 집도 에어컨이 설치된 집이 없다.

이것이 남과 북의 현실이다. 남과 북이 1인당 국민 소득 격차가 30:1이다. 북조선 사람들이 한 달간 버는 것을 남조선 사람들이 하루에 벌고, 북조선 사람들이 한 달간 쓰는 것을 남조선 사람들이 하루에 쓰고 있다는 것이다.

너는 이런 사실이 믿어지냐? 이것에 대한 눈에 보이는 확실한 증거가 있다. 북조선 성인 남자들의 키가 남조선 성인 남자들의 키에 비해서 12cm 정도 차이가 난다고 한다.

저기 북조선 군인들의 체격을 봐라. 그리고 이쪽의 남조선 군인들의 체격을 봐라."

영상에는 북조선 군인들이 영양실조로 야위고 키가 작은 모습이 보이고, 다른 쪽에는 남조선 군인들의 건장한 체격으로 생활하고 있는 것이 보인다.

"남과 북의 체중이 10kg 이상 차이 나고, 남자들의 평균 수명이 15년 정도 차이가 난다고 한다.

우리 삼대가 북조선을 다스리면서 도대체 인민들에게 무슨 짓을 한 것이냐? 왜 인민들의 수명이 이렇게 차이가 나야 하느냐? 왜 체격이 왜소해졌느냐?

인류 역사상 한 민족이 둘로 갈라져서 몇십 년 동안 이렇게 수명이 차이가 나고, 체격이 차이가 난 것을 들어 본 적이 있느냐?

일제 식민지 36년 동안에도 일본 사람에 비해서 이렇게 수명에 차이가 나고 체격이 왜소해졌다는 이야기는 들어 본 적이 없다.

이것도 미제국주의의 탓이냐? 이것도 남조선 괴뢰패당 때문에 이렇게 된 것이냐?

도대체 우리가 미국 놈들과 철천지 원수로 지내야만 하는 이유가 무엇이냐? 중국도 6·25 전쟁 때 미국과 싸웠지만 옛날에 벌써 미국과 교류하여 개혁 개방하고 저렇게 발전하고 있지 않느냐?

베트남도 미국과 죽기 살기로 싸웠지만 미국과 다시 교류하며 얼마나 많은 발전을 이룩하였느냐? 우리 북조선만 그렇게 하지 못할 이유가 무엇이냐?

그 이유는 단 한 가지다.

우리가 삼 대째 자식에게 권력을 세습하고, 그 권력을 지키기 위하여 모든 북조선 인민을 외부 정보의 까막눈으로 만들었다.

그리고 오직 수령님만을 위하여 희생하라고 가르쳤으니 그 독재 체제가 무너질까 봐 미국과 화해를 못 하고, 개혁 개방도 하지 못하고, 철저하게 인민들을 속여 온 것이 아니겠느냐.

전쟁이 끝난 다음 중국이 미국을 향해 도발한 적이 있느냐? 베트남 전행 후 베트남이 미국을 향해 무력 도발 한 적이 있느냐?

그런데 우리는 무엇 때문에 끊임없이 한미 연합군을 향하여 무력 도발을 하고, 인민들에게는 미제와 남조선 괴뢰패당들이 도발했다고 거짓말을 하였느냐? 지상에서는 거짓말이 먹혀도 영혼들에게는 거짓말이 통하지 않는다.

내가 죽었을 때 온 북조선 인민들이 슬퍼하며 나를 전송했지만, 이곳 저승에 와 보니 6·25 전쟁 때 죽은 수많은 영혼들이 나를 원망하며 내게 물었다.

"장군님, 무슨 생각으로 같은 민족끼리 전쟁을 일으켜 수백만 무고한 동족을 죽음으로 내몰고, 조선 반도를 잿더미로 만들어 놓았습니까?"

나는 창피함과 죄책감으로 얼굴을 들 수가 없었다.

우리 삼 대는 미국과 남조선과 화해하여 경제 개발을 해도 모자랄 판인데, 오직 세습 정권을 유지하기 위하여 문을 꼭꼭 닫고 핵무기 개발에만 전념 하여 북조선 인민들을 가난과 고통 속에 방치한 채 위대한 수령 노릇만 계속하고 있었다."

할아버지 수령님은 곧 "애야, 저기를 봐라." 하면서, 강당의 한 쪽을 가리켰다. 그쪽이 서서히 밝아지면서, 수백 명의 영혼들이 서서 이쪽을 응시하고 있는 것이 보였다.

맨 앞줄에 고사총으로 처형 된 고모부와 그와 함께 가까이 지냈다고 처형된 당 간부들의 영혼이 최고 지도자를 주시하고 있었다.

그리고 그 뒤에는 반역죄로 처형된 지도자의 아버지뻘 되는, 수많은 당 간부들의 영혼들이 아무 말없이 지도자를 응시하고 있었다.

아버지 장군님이 말했다.

"저기를 봐라. 저들은 내가 살아 있을 때부터 나를 위하여 목숨 바쳐 충성해 온 충신들이다. 나의 유지를 받들어 내가 죽은 후에도 너를 안정된 국가 지도자로 만들기 위하여 모든 노력을 다 해 온 사람들이다. 이제 저들의 영혼을 무엇으로 달래 줄 수 있겠느냐?"

지도자는 차마 똑바로 마주 처다볼 수 없어 고개를 숙였다.

너무 민망해서 쥐구멍이라도 있으면 숨고 싶은 심정이었다.

아버지 장군이 말했다.

"애야, 잘 들어라. 내가 죽었을 때 온 조선 인민이 목 놓아 통곡하며 슬퍼하였다. 그러나 죽어서 이곳에 와 보니 고난의 행군 시절 먹을 것이 없어 굶어 죽은 수십만의 군중이 나를 원망하고 있었다.

살아 있을 때 "장군님 만세!"를 부르며 나에게 열광했던 군중들, 나에게 복종하며 머리 숙여 따르던 당 간부들, 그런 것에 우쭐하여 내가 세상 제일인 양 으시대면서 나는 수많은 나날들을 지냈다.

인민들의 눈을 감기고 귀를 막고 바깥세상 돌아가는 것을 철저히 차단하여 꼭두각시처럼 세뇌당한 인민들의 만세 소리에 으시대며 거닐었던 내가 북조선 이외 세상 사람들의 조롱거리와 웃음소리밖에 안 되었다는 사실을 이곳에 와서야 알게 되었다.

착각하지 마라. 죽어서야 내가 그렇게 후회했던 일들, 그것을 네가 똑같이 따라 하고 있다. 죽어서 내가 후회하듯이, 너도 죽어서 후회할 것을 생각하니 가슴 아프다.

보아라, 죽어서 너를 맞이하는 저 영혼들의 시선을."

할아버지 수령님이 입을 열었다.

"너의 아버지와 이 할아버지가 하늘님께 눈물겹게 호소하였다.

"손자가 이대로 죽으면 북조선은 내전에 휩싸일 것이며, 외국군의 분할 통치에 들어갈 확률이 너무 큽니다.

제발 손자에게 기회를 주어서 우리 삼대가 조선 인민에게 하지 못한 선정을 조금이라도 만회하여 국가를 위하여 봉사할 수 있는 마지막 기회를 한번 주실 것을 눈물로 호소합니다."

그래서 너를 다시 이승으로 내려보내기로 하였으니, 이제 너는 죽어서 없고, 너를 위해서가 아니라 오직 인민들을 위해서 봉사할 수 있기를 바란다."

지도자가 고개를 숙이고 있다가 말했다.

"제가 어떻게 하면 되겠습니까?"

할아버지 수령이 단호하게 말했다.

"정권의 세습을 포기하라."

"그러면 체제가 불안정해질 텐데요."

"내가 귀신이어서 귀신같이 아는데, 정권 세습은 절대 불가하다.

네가 통일을 적극적으로 추진하면, 인민들은 희망이 생겨서 오히려 안정될 것이다.

지금 북조선 인민들은 옛날의 북조선 인민들이 아니다. 아무리 정보를 막아도 남조선이 북조선보다 훨씬 잘산다는 사실을 알고 있다. 다만 어느 정도 잘사는지를 모를 뿐이다.

앞으로 어느 정도 잘살고 있는지까지 알게 되면, 정권의 세습은 불가할 것이다. 또한 모든 역량을 남북평화 통일에 집중하라. 협상의 유불리를 따지지 말고, 오직 통일 방안을 위하여 최대한 정진하라.

남과 북의 경제 격차는 30:1이다. 남조선은 갑작스러운 흡수통일을 바라지 않는다. 서서히 융합하는 과정을, 그러나 돌이킬 수 없는 통일의 과정을 합의해 나가라.

통일은 우리 민족 최대의 과업이다. 그러면 인민들도 안정할 것이다.

어느 누구도 할 수 없고, 오직 너만이 할 수 있다. 네가 만약 통일의 과업을 확실하게 만들어 나간다면, 너는 조선 근대사에 가장 큰 영향을 준 통일의 영웅으로 기록될 것이다. 그러면 우리 삼대의 정권 세습으로 끼친 부작용에 대하여 어느 정도 만회하는 기회가 될 것이다. 그리고 너의 임기를 정하고 임기 후에는 깨끗하게 물러나라.

나는 얼마 전 남조선 대통령이 보낸 비서관이 너에게 『남북 모두가 승리자가 되는 통일 방안』이라는 한 권의 책에 대한 의견을 물어본 적이 있다는 것을 알고 있다. 그때 나는 '아, 하늘이 우리를 버리지 않았다'고 생각했다.

나는 분명히 너에게 말한다. 만약 네가 통일에 기여하지 못하고, 통일 공원도 조성하지 못하고, 언젠가 다른 시대 다른 사람에 의하여 통일이 이루어진다면 북조선에 널려 있는 나와 네 아버지의 동상과 조형물 등은 수난을 면할 수 없을 것이다. 그뿐만이 아니라 백두혈통은 어찌 되겠느냐. 생각만 해도 끔찍하다.

너를 이승으로 내려보내는 것도, '통일 방안'을 전해 받은 것도 모두 하늘이 너에게 준 기회다.

아무 욕심도 내지 말라.

너는 한 번 죽은 몸이다.

오직 통일에만 정진하라."

눈을 뜨다

희미한 심장 모니터에 삑삑, 댕댕댕 소리가 적막을 뚫고 일정한 간격으로 병실을 채우고 있었다.

하얀 천장, 기계음….

정제된 공기의 냄새, 고요한 응급 병실 안 창문은 두터운 커튼으로 가려져 있어 시간조차 멈춘 듯했다.

그는 처음엔 꿈인 줄 알았다.

온몸이 짓눌리는 듯했고, 혀는 돌처럼 무거웠다.

뼛속까지 차오르던 피로감.

그러나 그 순간, 아주 멀리서 들려오는 목소리가 있었다.

"아버지, 제발요…."

그 목소리는 울고 있었다.

어릴 적 그 아이가 넘어져 무릎이 깨졌을 때처럼, 감정이 실린 음성이 그의 가슴 어딘가를 두드렸다.

눈꺼풀을 들어 올리기까지는 기나긴 여정이 필요했다. 그러나 어느 순간, 눈꺼풀 사이로 하얀 빛 줄기가 스며들며 세상이 다시 열렸다.

"의식이 돌아왔습니다!"

간호사의 떨리는 외침.

의료진은 급히 몰려들었고, 장비가 움직이기 시작하였다.

그는 천장을 바라보다가 아주 천천히 고개를 돌렸다.

병실 옆에 의자에 앉은 한 여인이 눈물을 삼키며 일어섰다.

눈가에 길게 드리운 피곤의 그림자.

그러나 그 눈빛만큼은 형언할 수 없는 복잡함으로 가득했다.

"오라버니…."

김효선이었다.

언제나처럼 단정한 검정 차림.

그러나 그의 눈빛은 두려움과 후회 그리고 안도감으로 젖어 있었다.

"오라버니, 살아 계셔서 다행이에요."

그의 손을 조심스럽게 쥔 김효선은 고개를 숙였다.

그의 손가락이 미약하게 떨렸다.

의사가 다가와 몇 가지 반응을 점검했고, 다행히 모든 수치는 안정권이었다.

"정말 기적입니다."

단, 아직 말은 하기 어려웠다.

그 순간, 병실 문이 열리더니 한 소녀가 어머니와 함께 들어왔다.

"아버지!"

그의 딸과 부인이었다.

눈은 퉁퉁 부어 있었고, 입술은 파르르 떨고 있었다.

그녀는 어쩔 줄 몰라 하며 침대 곁에 오지도 못한 채 멈춰 섰다.

그는 아주 미세하게 손가락을 움직이며 딸을 향해 시선을 돌렸다.

그걸 알아챈 딸은 무언의 부름에 이끌리듯 어머니와 함께 침대 곁으로 다가왔다.

"아버지, 정말, 정말로 깨어나신 거예요?"

그의 눈에 맺힌 눈물방울 하나가 천천히 옆으로 흘러내렸다.

딸이 그의 손을 잡았다.

작은 손이 무거운 세월의 손을 꼭 잡았다.

김효선은 고개를 돌려 울음을 감추었다.

그리고 마음속으로 말했다.

'신이여, 이 사람을 다시 데려가지 말아 주십시오.'

병실 안의 공기는 비로소 조금 풀렸다.

기계음은 여전히 울렸지만, 이제 그것은 죽음과 생사의 신호가 아닌 새로운 시작의 맥박처럼 들렸다.

그는 눈을 감은 채 속으로 되뇌었다.

'내가 다시 돌아왔다. 그러나 이제는 옛날로 다시 돌아가는 길이 아니라, 통일을 위하여 앞으로 나아가는 길을 가야 한다.'

김효선이 병실을 나와 어디론가 급히 전화를 했다. 장군님이 깨어난 것을 모두에게 알리고 있었다.

* * *

며칠이 흘렀다.

병실의 커튼이 조금씩 열리고, 창밖에 햇살이 스며들기 시작했다.

지도자의 눈빛도 점점 맑아졌고, 의사는 짧은 문장을 말할 정도의 회복을 알렸다.

목소리는 아직 거칠었지만, 그는 첫마디를 하였다.

"내가 얼마나…."

곁에 있던 김효선이 부드럽게 대답했다.

"오라버니는 일주일간 의식이 없으셨어요. 하늘이 도우셨지요."

그는 고개를 약간 끄덕이며 천장을 바라보았다.

침묵이 흘렀다.

문득 그의 눈동자가 다시 여동생을 향했다.

"그동안 내가 너무 많은 걸 잘못했구나…."

그 한마디에 김효선의 눈이 흔들렸다.

그녀는 아무 말 없이 그의 손등을 살며시 감쌌다.

그는 잠시 숨을 고르다가 덧붙였다.

"아버지가, 할아버지가, 내게 말씀하셨다. 그 길이 유일한 줄 알았는데… 더는 아니야."

그는 자신의 말에 놀란 듯 잠시 눈을 감았다.

그리고 다시 떴을 때, 그의 눈에는 미약하지만 분명한 빛이 살아 있었다.

"이제는 바꿔야 해."

그 순간 병실, 문이 열렸다.

그의 딸이 노트를 품에 안고 들어왔다.

작고 하얀 공책, 딸이 조심스럽게 다가왔다.

"아버지… 저, 여기…. 매일 편지를 썼어요."

그는 손짓으로 그걸 달라고 했다.

아이는 책장을 조심스럽게 넘겨 가장 앞에 한 장을 펼쳐 보였다.

"아버지, 제발 살아 계셔 주세요. 저는 아버지를 두려워하지 않고 사랑하고 싶어요."

그 문장 하나가 지도자의 가슴을 내리눌렀다.

그는 한동안 아무 말도 없었다.

딸을 바라보는 눈에 무언가가 녹아내리고 있었다.

"너를 두렵게 만드는 나였구나."

그는 깊게 숨을 들이마시며 말했다.

"세습은 여기서 끝이다."

김효선이 눈을 크게 떴다.

딸은 말없이 두 손으로 입을 크게 막았다.

"이 나라는 한 사람의 것이 아니야. 그 짐을 네게 넘길 수는 없어."

그는 벽 너머 허공을 응시하며 나직하게 말했다.

"나는 이제 집단 지도 체제를 준비할 거다. 내 임기 안에 모든 걸 정리하고 그 후엔 은퇴한다."

한동안 병실 안에는 침묵이 흘렀다.

그 침묵은 무거운 선언의 무게를 품고 있었고, 또한 새로운 길의 시작을 알리는 종소리이기도 했다.

2부

지도자의 결단

밀사의 그림자

새벽의 냄새.
그날 밤, 지도자는 창밖을 오래 바라보았다.
붉은빛 도는 평양의 새벽하늘 아래서 그는, 비로소 한 인간으로서의 삶을 되돌아보았다.
'죽음을 겪고 나서야 비로소 삶을 배우는구나.'

지도자가 의식을 회복한 후 삼 주째 되던 날 밤, 평양의 국방위원회 비밀 회의실에서 은밀한 회의가 열렸다.
지도자, 김효선 그리고 수십 년간 외교 경험을 단단하게 쌓은 중년의 외교관 한 명.
"이제 우리가 먼저 움직여야 해."
지도자의 목소리가 단호했다.

"남조선과 대화를 시작하자, 은밀히. 아직은."

김효선이 조심스럽게 물었다.

"어떤 명분으로 접근하실 생각입니까?"

그는 침묵하다가 또렷하게 말했다.

"실은, 협상이다."

그리고 그는 문서 하나를 내밀었다.

"이걸 가지고 가. 조건은 하나. 공개 이전에 신뢰 구축."

"알겠습니다."

그는 잠시 그의 눈을 바라보았다. 그의 눈에는 무거운 결단이 서려 있었다.

그로부터 일주일 뒤, 프랑스 호텔 방에서 전에 만났던 두 사람이 만났다.

탁자 하나를 사이에 두고 두 사람은 마주 앉았다.

서류가 아닌, 단 두 줄의 손 편지가 먼저 건네졌다.

"나는 깨달았다. 더는 유산을 쌓는 자가 아니라, 허물을 걷어내는 자가 되기를 원한다."

남쪽 특사는 숨을 삼켰다. 그리고 조심스럽게 되물었다.

"이건 위원장 본인의 뜻입니까?"

"그렇습니다. 평양 상부는 변화의 의지를 갖고 있습니다. 단,

완전한 상호 존중과 절대 보안을 전제로 합니다."

　남쪽은 협의체 구성을 제안했고, 북쪽은 이중 채널의 구성을 요구했다.
　정식 협상이 아닌 쌍방 내부에 구성된 실무 협의단을 비공식적으로 운영하자는 제안이었다.

대통령의 결단

대통령은 침묵 속에 손가락을 깍지 끼고 한참을 고개 숙였다. 그리고는 조용히 입을 열었다.

"북측 지도부가 바뀌었을까요, 아니면 바꿀 수밖에 없는 상황에 몰렸을까요?"

외교안보 수석이 근심스럽게 고개를 끄덕였다.

"둘 다일 수 있습니다, 그러나 한 가지 분명한 건, 지금이 기회라는 점입니다."

대통령은 천천히 일어나 창문 쪽으로 걸어갔다.

"우리는 항상 통일을 말해 왔습니다. 하지만 그게 이렇게 갑작스럽게 눈앞에 찾아올 줄은 몰랐군요."

그는 다시 자리로 돌아와 결심하듯 말했다.

"대화에 나섭시다. 그러나 환상 없이 냉철하게 그리고 단호하게. 국민과 함께 가는 길을 열겠습니다. 우리가 지금 할 일은 통일의 가능성을 국민과 함께 공유하고, 그것이 실현될 수 있도록 지혜를 모으는 것입니다."

회의실 공기가 조금씩 움직였다.

통일부 장관이 메모를 들고 고개를 들었다.

"그렇다면 남북정상회담 준비팀을 가동하겠습니다."

대통령은 고개를 끄덕이며 말했다.

"우리는 바늘구멍만 한 가능성이 있다 해도 그것을 시도해야 할 것입니다."

결정의 순간
(붉은 깃발 아래 선언되다)

조선노동당 중앙위원회 회의실, 평양.

장중한 붉은 커튼 위로 커다란 당기가 걸려 있었다.

조선노동당 제8기 제5차 전원회의, 연단 중앙에 최고 지도자가 모습을 드러내자, 참석자 전원은 일제히 자리에서 일어나 열렬한 박수로 맞이하였다.

그는 전보다 눈에 띄게 수척해진 모습이었다.

얼굴엔 흰 기가 돌았고, 한 손으로는 연단을 지탱하고 있었다.

조선 중앙 TV는 이 장면을 북측 전역에 생중계하고 있었다.

가정집, 학교, 공장, 인민반 회관의 스피커가 동시에 그 목소리를 전했다.

"동지 여러분!"

짧고 낮은 인사를 시작한 지도자는 잠시 연단을 내려다 보았다.

그는 잠시 숨을 고르듯이 천천히 말을 이었다.

"나는 죽음의 문턱에서 돌아온 사람입니다. 그 순간 나는 내가 누구인지보다, 우리 인민이 어디로 가야 하는지를 깊이 생각했습니다."

잠시 숨조차 쉬지 않는 정적에 잠겼다.

카메라가 위원들의 굳은 얼굴을 차례로 비쳤다.

"나는 더 이상 우리 당과 국가가 백두혈통이라는 신화에 기대선 안 된다고 결심했습니다. 그리하여 오늘 이 자리에서 세 가지 중대한 결정을 선언합니다."

그는 손을 들어 손가락 세 개를 펼쳐 보였다.

"첫째, 나는 더 이상 권력을 나의 자손에게 넘기지 않겠습니다. 권력의 세습은 여기서 끝입니다.

둘째, 나는 나 자신의 지도자 임기를 향후 5년으로 제한하겠습니다.

셋째, 이 기간 동안 집단 지도 체제를 수립하고, 임기 종료와 함께 모든 직책에서 물러나겠습니다."

말이 끝나자 회의장은 얼어붙은 듯 조용했다. 그는 시선을 정면으로 들며 말했다.

"동지 여러분, 혁명은 한 사람만의 이름으로 지탱될 수 없습니다. 인민에게 더 이상 충성만을 강요해선 안 됩니다. 이제 우리는 협의와 견제를 기반으로 한 새로운 정치 질서를 만들려고 합니다."

그는 한 걸음 앞으로 나섰다.

"우리의 땅, 우리의 국가, 우리의 후대가 평화로운 환경 속에 살아가도록 하기 위하여 나는 내 자신의 권력을 임기 후에 내려놓는 것부터 시작하겠습니다."

회의장은 얼음과 같이 얼어붙었다.

그가 연설을 마치고 퇴장하기 시작했다.

그 순간, 회의장 뒤편의 어느 누군가 천천히 손뼉을 치기 시작했다. 그 소리는 점점 번져 나가서 마침내 그가 퇴장한 상태에서 고위간부 전원이 일어나 기립박수를 쳤다.

그리고 이 모든 장면이 전국의 인민들에게 그대로 방송되고 있었다.

이 선언은 북측 체제의 균열이 아닌 전환을 알리는 신호였다. 권력을 영원히 움켜쥐는 대신 이양의 질서를 택한 최고 지도자. 북측은 이제 한 사람의 시대를 끝내고 다수의 책임 시대로 나아가려 하고 있었다.

그리고 그 변화의 순간은 수천만 인민이 TV 화면 속에서 똑똑히 지켜본 역사의 한 장면이 되었다.

대통령실 국가안전보장회의
긴급 소집

서울, 대통령실 위기관리센터 회의실.

7월의 늦은 오후, 회의실 안 공기는 한층 더 무거웠다. 대통령을 포함한 주요 간부진이 하나둘씩 자리를 채우고 있었다.

국가정보원장이 먼저 입을 열었다.

"방금 평양발 정보입니다. 북측 최고 지도자가 남북 평화 협상을 비공식적으로 제안했습니다."

대통령이 물었다.

"비공식 접촉입니까?"

"네. 하지만 메시지에서 '남북이 되돌릴 수 없는 평화의 길로 나아갈 수 있는 마지막 기회'라는 표현을 사용했습니다."

통일부장관이 무거운 목소리로 덧붙였다.

"핵심은 정권 이양과 핵동결 상호 감시 체제, 그리고 통일공원 조성이라는 용어들입니다."

국방부장관이 말했다.

"이건 단순한 대화 제안이 아니라, 체제 전환을 예고하는 수준입니다."

1차 정상회담 전날, 대통령은 책상 서랍을 열었다, 그 안에는 한 장의 편지가 있었다.

북측에서 날아온 비공식 친서.

최고 지도자가 직접 썼다는 말이 있었다.

대통령은 다시 봉투를 열어 보았다.

"남쪽 대통령님께,

내 조국과 귀국의 아이들이 이제는 서로를 적이 아니라 이웃으로 부르기를 바랍니다.

내일의 회담에서 진실한 마음을 나누게 되기를 바랍니다."

편지를 다 읽는 순간, 대통령의 눈가가 촉촉이 젖었다.

그는 조용히 말했다.

"내일의 회담은 협상이 아니라, 역사를 바꾸는 자리다."

북측 지도자를 만날 때, 그는 한 국가의 대통령일 뿐 아니라 하나의 민족을 이끄는 사람으로서 서게 될 것이다.

동결의 합의

회담의 아침.

그날 아침, 판문점에는 평소보다 이른 안개가 내려앉았다.

남한의 대통령은 대기실 창가에서 커튼을 젖힌 채 맞은편 북측 회담장으로 이어지는 짙은 회색 바닥을 바라보고 있었다.

단정한 정장을 입은 그의 얼굴은 차분했지만, 속으로는 한 시대가 갈리는 긴장의 물결이 깊게 일렁이고 있었다.

"최고 지도자가 권력 세습을 포기하고 은퇴한다니…."

비서실장이 곁에서 중얼거리듯 말했다.

"그게 진실이라면 오늘은 한반도 역사에 길이 남을 것입니다."

북측 대표단이 모습을 드러냈다, 5년 후의 은퇴 선언 이후

오랜 침묵을 지키다가 오늘 회담에서 직접 입을 열겠다고 작정했다.

남한 측 대통령이 먼저 악수를 청했다.

"안녕하십니까. 오늘의 만남이 긴 역사의 이정표가 되기를 바랍니다."

북측 지도자가 잠시 대통령의 눈을 바라보았다. 이내 끄덕이며 악수를 맞받았다.

역사적 제안

회의가 시작되었다.

"우리는 핵을 가졌습니다. 그러나 그 핵이 그 누구에게도 위협이 되게 하고 싶지 않습니다."

참석자들이 일제히 시선을 들었다.

북측 지도자는 대통령을 정면으로 바라보았다.

"우리의 제안은 이렇습니다. 조선의 핵을 동결하겠습니다. 그리고 국제감시단의 감시도 허용하겠습니다. 실험도, 생산도 하지 않겠습니다.

대신 남조선도 전략 자산 현무 미사일의 운영을 북조선의 감시하에 해 주십시오. 물론 기술 및 생산적인 부분은 제외됩니다."

잠시 정적이 흘렀다. 지도자는 말을 이었다.

"우리의 핵을 국제 감시하에 둡시다. 감시단은 유엔과 중립국으로 구성합시다. 핵 폐기 여부는 남북 통일 이후 통일 정부가 결정하도록 합시다.

현무 미사일 감시는 향후 남북이 서로가 군사적 위협이 아니라고 생각될 지점에서 남북 합의로 해제할 수 있습니다.

물론 이 모든 문제는 남북만의 합의로 결정될 일은 아닙니다. 그러나 이제부터는 가급적 남북이 자주적으로 통일 협상을 해쳐 나가는 것이 중요하다고 생각합니다.

우선 남북이 잠정 합의를 하고 미국, 중국, 일본, 러시아 그리고 남북이 참석하는 6자회담을 열어 남북이 공동으로 이 안을 제안하고 6자 회담에서 결실을 보기를 희망합니다."

남측 고문들이 웅성거렸고, 대통령은 조용히 손을 들어 멈추게 한 다음 숨을 크게 들이마시고 말했다.

"귀하의 결단은 용기 있는 선택입니다. 하지만 미국, 일본, 국제 사회가 쉽게 이해하지는 않을 것입니다."

지도자는 잔잔하게 대답했다.

"그래서 우리가 먼저 손을 잡아야 합니다. 핵보다 강한 건 의지를 믿는 것입니다."

남측의 국방장관이 귓속말로 말한다.

"동결은 위험합니다. 폐기가 아닌 이상 미국은 절대 받아들이지 않을 것입니다. 그리고 현무미사일에 대한 감시는 군의 반대가 심할 것입니다."

대통령은 고개를 들었다.

"귀측의 제안은 잘 들었습니다. 그러나 현무미사일 감시에 대한 문제는 우리의 내부적인 검토가 필요합니다. 그러니 삼일 후에 다시 회의를 속개하였으면 좋겠습니다."

회의는 일시 중단 되었다.

* * *

청와대 국가안보실 회의실.

남북 평화 협상에서 제기된 현무미사일 감시 문제에 대하여 논의하기 위한 모임이 열리고 있었다. 회의실에는 긴장된 분위기가 감돌고 있었다.

먼저 입을 연 사람은 외교부장관이었다.

"대통령님 북측이 핵시설에 대한 제한 없는 국제 사찰을 수용한다면, 우리도 그에 상응하는 조치를 내야만 합니다.

평화 협상은 호혜성 위에 서야 합니다. 그들이 민감한 시설을 내어놓는데, 우리가 아무것도 내놓지 않는다면 협상이 깨질 수 있습니다. 현무미사일은 전략 자산이긴 하지만 투명한 감시 절차만 보장하면 우리의 안전이 크게 약화되지는 않습니다. 핵무기와 재래식 미사일은 차원이 다릅니다."

그러나 국방부 장관이 곧바로 맞받아쳤다.

"외무부장관의 말씀은 이해하지만 현무는 단순한 재래식 무기가 아닙니다.

북측이 불과 수십 킬로미터 앞에 방사포와 미사일을 겨눈 상태에서 우리의 유일한 억제력이 바로 현무입니다.

이 자산을 외부 감시 앞에 둔다면 우리의 작전 계획은 고스란히 드러납니다. 감시란 곧 제약입니다. 군사적 주도권을 스스로 내주는 것과 다름없습니다."

잠시 후 정적이 흐르자, 국정원장이 손가락으로 테이블을 툭툭 두드리며 말을 이었다.

"양쪽 말씀 다 일리가 있습니다. 하지만 협상은 정보전이기도 합니다. 북측이 핵 시설을 열어 줄 때 우리는 그 속을 들여다보게 됩니다.

만약 우리의 현무 운영의 일부를 보여 준다면 그 조건 속에 북측 군사 시설에 대한 정기적 접근권을 포함시킬 수도 있습니다.

즉, 감시는 거래의 카드가 될 수도 있습니다. 실제론 정보 우위를 우리가 쥘 수도 있습니다."

대통령은 눈을 가늘게 뜨며 세 사람의 의견을 차례대로 되새겼다.

"오늘의 의견은 잘 들었습니다. 각자 부서의 내부 의견도 있을 터이니 점검해 보시고, 내일 다시 결론을 냅시다."

그리고 헤어졌다.

국방부장관이 청와대를 나와 합참회의실로 들어섰을 때, 이미 몇몇 참모총장과 장성들이 자리를 지키고 있었다.

무거운 분위기 속에서 현무미사일 운영을 북측과 상호 감시하는 방안이 논의 주제로 올라왔다. 육군 참모총장은 단호하게 반대 입장을 밝혔다.

"북측은 수도권을 겨냥한 장사정포와 단거리 미사일만으로도 우리 국민을 인질로 삼고 있습니다.

우리는 그들의 첫 타격을 흡수하고 곧바로 보복할 수 있는 수단이 필요합니다. 그게 현무입니다. 이를 감시받는다면 우리 보복 능력 일부가 무력화됩니다. 협상에서 내줄 수 있는 카드가 아닙니다."

이에 비해 공군 참모총장은 조금 다른 시각을 내비쳤다.

"현무는 물론 전략적 무기지만, 우리 공군은 이미 정밀 타격 능력을 다각적으로 확보하고 있습니다. 문제는 북측이 우리의 억제력을 어떻게 받아들이냐지요.

제한된 범위에서 현무 운영을 공개하는 건 전면적 약화라기보다 신뢰를 위한 상징적 제스처로 활용할 수도 있을 것입니다. 위치, 실전 배치, 사거리 같은 핵심 데이터는 끝까지 비밀로 지켜야 합니다."

해군 참모총장은 두 사람의 의견을 들으며 조용히 고개를 끄덕였다.

"우리 애기는 늘 한반도 전역을 기준으로 하지만 바다도 변수입니다. 북측의 잠수함발사탄도미사일(SLBM)은 아직 미완성이지만 감시망을 뚫는 순간 큰 위협이 됩니다.

현무 감시는 북측의 핵미사일을 SLBM 개발 제한을 포함한 핵미사일 억제를 전제로 할 때만 가능하다는 조건이 붙어야 합니다. 그들이 해상 전력을 숨기는 한 우리도 전력을 완전히 노출할 수는 없습니다."

회의장 구석에 있던 합동참모본부 작전본부장이 목소리를 낮게 깔며 말했다.

"장관님, 저는 감시 자체보다 감시의 방식이 문제라고 봅니다. 북측이 우리의 움직임을 추적할 수 있는 수준으로 접근한다면 전시에 우리의 전술이 그대로 노출됩니다.

감시는 곧 정보전입니다. 우리가 허용하는 순간, 그 틈을 이용해 우리의 약점을 파고들 것입니다."

국방부 장관이 결론을 내렸다.

"현무 감시 수용은 가능하되 철저한 상호성과 제한적 공개를 전제로 한다. 특히, 북측의 SLBM 개발 중단을 전제로 한다."

그리고 그 결론 뒤에는 각기 다른 불만과 분노, 불가피한 현실의 무게가 겹겹이 깔려 있었다.

대통령실 안보회의

합참회의에서 정리된 장군들의 보고가 대통령 책상 위에 올라왔다.

대통령은 천천히 보고서를 훑어보며 미간을 좁혔다. 글자 사이사이에 장군들의 목소리가 들려오는 듯했다.

대통령이 서류를 내려놓자, 세 사람이 조심스레 자리에 앉았다.

외교부장관, 국방부장관 그리고 국정원장이었다.

외교부장관은 유연한 수용을, 국방부장관은 조건부 제한적 수용을, 국정원장은 중립적 입장이었다.

대통령은 깊게 숨을 들이마신 후, 조용히 말했다.

"좋습니다. 군사상의 선을 지키되 외교의 메시지를 살리고, 정보의 기회를 담겠습니다. 그러나 나는 원칙적으로 서로 상생하는 방법을 취하겠습니다.

어느 쪽이 이익을 보고 어느 쪽이 손해를 보는 방법이 아니라, 모두가 이익이 되는 방법을 택하도록 하겠습니다.

북이 무제한 핵의 감시를 수용하고 SLBM 개발을 중단한다면, 우리도 현무의 기술 분야와 생산 분야를 제외한 운영상의 정보를 공유하는 것을 수용하겠습니다."

그 순간, 방 안 공기는 무겁게 가라앉았지만, 새로운 전략적 방향이 잡히는 듯한 묘한 긴장감이 감돌았다.

* * *

중단되었던 남북정상회담이 다시 속개되었다.

양 정상은 간단한 인사를 나눈 후, 곧바로 회의가 시작되었다.

남쪽 대통령이 먼저 발언을 하였다.

"좋습니다. 남한은 북측의 제안에 응하겠습니다. 현무 미사일 생산 및 기술 분야를 제외한 운영 분야의 감시단 도입, 핵 폐기 논의는 통일 후로 유예. 그러나 조건이 있습니다. 핵의 무제한 감시 및 SLBM의 개발 중단입니다."

북측 대표단이 웅성거리기 시작했다.

잠시 눈을 감고 있던 지도자는 결심한 듯 입을 열었다.

"좋습니다, 귀측의 제안을 수락하겠습니다."

순간, 회의실 안의 공기는 변했다.

회색빛이 걷히고, 마치 먼 곳에서 햇살이 터지는 듯한 기운이 돌았다.

공동발표

양 정상은 함께 일어나 공동발표문에 서명했다.

그들의 뒤로 태극기와 인공기가 나란히 바람에 흔들리고 있었다. 북측 지도자는 퇴장하며 대통령에게 마지막으로 속삭였다.

"만약 6자회담에서 핵 문제가 결정이 나면, 다음 단계로 남북 이산가족 상설면회소와 개성공단 재가동을 논의해 봅시다."

* * *

회담 후, 전 세계 뉴스 채널은 일제히 판문점에서 열린 이 역사적 정상회담을 톱뉴스로 다뤘다.

'남북 상호 핵무기 동결과 현무미사일 감시 체제 도입 합의'
"'핵 폐기 통일 이후로 유예" … 평화의 서막인가'

하지만 이 협정이 실제로 지켜질지는 누구도 장담할 수 없었다.

평화는 늘 흔들리는 줄 위에 서 있기 때문이다. 그럼에도 그날의 약속은 분명히 한 시대를 넘는 시작이었다.

여섯 개의 목소리

202X년 11월, 스위스 제네바.

북측 최고 지도자의 세습 포기 이후에 열린 남북정상회담에서 북측 핵 동결이 합의된 직후, 이를 국제적으로 인정하고 미국의 동의를 얻기 위해 6자 회담이 긴급 소집됐다.

* * *

제네바 외곽의 한 고풍스러운 회의장, 가운데 둥근 원탁 위에는 여섯 개의 국기가 걸려 있었다.

대한민국, 북측, 미국, 중국, 일본, 러시아. 그 사이 놓은 것은 마이크와 물병뿐만 아니라, 한반도 전체의 미래였다.

북측 대표로 참석한 인물은 북측 외교계의 원로급 인물이었고, 김성복 참모도 대표단의 일원으로 참석하였다. 김일남 비서관도 남한측 대표단 일원으로 참석하였다.

미국 대표 윌리엄 그레이스 대사는 말문을 열었다.

"핵 동결만으로는 부족합니다. 우리는 완전하고 검증 가능하고 불가역적인 비핵화, 이른바 CVID를 요구합니다."

북측 대표단장은 차분하게 응수했다.

"최고 지도자님께서 직접 은퇴를 선언하셨고, 남북 정상이 감시 체계에 합의한 사항입니다. 통일 이후 핵 폐기 여부를 통일 정부가 결정하도록 하겠다는데, 한반도 주권을 존중한 합의입니다."

일측 대표는 냉소적인 미소를 지었다.

"북측의 말은 지금껏 여러 번 실망으로 이어졌습니다. 이번엔 어떤 담보가 있습니까?"

그 순간, 중국 대표가 조용히 말을 이었다.

"중국은 이번 회담의 성공을 지지합니다. 동결이란 말은 불완전할 수 있으나, 시작 없는 완성은 없습니다."

그날 밤 호텔 스위트룸 한쪽, 한국의 대표단이 미국 대표를 비공식 회담에 초청한다.

한국 대통령은 회담에 나오지 않았지만, 실시간으로 보고를 받고 있었다.

한국 대표단이 말했다.

"남북은 감시단에 IAEA, 중립국, 심지어 미국의 민간 기술자 참여까지 허용할 의향이 있습니다. 핵 폐기를 지금 강요한다면 협상은 결렬됩니다."

미국 대표는 눈을 가늘게 떴다.

"북측이 완전한 감시를 허용한다면 동결은 6개월 한정으로 인정할 수 있습니다. 단, 검증 실패 시 자동 복귀 제재 조건을 붙입시다."

북측의 결단

북측 대표는 자리에서 일어났다. 그의 목소리는 나직하지만 울림이 있었다.

"핵은 우리가 가진 유일한 카드였습니다. 그러나 이제는 평화가 더 큰 카드입니다. 우리는 IAEA 상시 감시를 수용하고, 기술 데이터 제공에도 동의합니다.

다만, 폐기는 남북이 같은 국기를 달았을 때 통일정부가 하게 해 주십시오. 그것이 민족의 존엄을 지키는 길입니다."

한순간 회의장이 조용해졌다. 러시아 대표가 조용히 말했다.

"이제 공은 미국과 일본으로 넘어갔소."

16시간의 마라톤, 서명까지 16시간 수많은 문안 수정을 거쳐 마침내 최종결의안이 도출되었다.

제네바 6자 합의문 초안 요약

1. 북측은 핵무기 및 핵 관련 활동을 전면 동결한다. SLBM 개발 중단 포함.
2. IAEA 및 3개 중립국 감시단이 평양과 핵 관련 지역에 상주 또는 수시로 방문할 수 있다. (감시단에 한국 참여)
3. 미국은 대북제재 일부를 6개월 한시 완화하고 식량, 의약품 등 인도적 지원을 재개한다.
4. 한국은 현무미사일의 기술 및 생산 분야를 제외한 운영의 일부 정보를 북측과 공유한다.
5. 핵 폐기 여부는 남북 통일 후 통일 정부가 결정한다.
6. 한국의 현무미사일 감시 해제는 남북 정부가 상호 군사적 위협이 없다고 판단할 때 남북의 합의로 해제한다.
7. 어길 시 자동 제재 복귀 조항 삽입.

8. 모든 일정이 차질 없이 진행될 때 북측 제제 점차적으로 해제.

날이 밝았다.
서명을 마친 뒤 김 비서관이 조용히 창밖을 바라보았다. 북측 이성북 참모가 다가와 손을 내밀었다.
"후회는 없으십니까?"
김 비서관이 묻고, 이성북 참모가 가볍게 웃으며 말했다.
"나는 혼란 속에서 태어났으나, 평화 속에서 죽고 싶소. 핵보다 무서운 것은 서로를 믿지 못하는 마음이오."

뉴스들

BBCC
북측 역사상 첫 북측 핵 동결 합의, 통일 전까지 동결 유지, 검증 착수.

CNNN
6자회담 불가능한 합의 달성, 한반도 냉전 이후 최대 진전.

조선중앙TVV
위대한 결단 민족의 미래를 위한 마지막 선물.

2차 정상회담

잔잔한 아침 햇살이 판문점 공동경비구역에 내려앉았다.

여름이지만 그날만은 유독 바람이 선선했고, 회담장 입구의 나무들도 조심스럽게 몸을 기울이며 다가올 장면을 예고하고 있었다.

남측 도보 다리 위로 남측 대통령이 먼저 걸어 올랐다.

손에는 준비된 서류가 있었지만, 오늘은 그보다 더 가볍고 인간적인 무언가가 그의 얼굴에 실려 있었다.

북측에서 최고 지도자가 나타났다. 그는 1차 회담 때보다 훨씬 말끔한 정장 차림이었다.

여전히 무게감 있는 걸음이었지만, 발걸음 사이로 약간의 유연함이 스며 있었다.

둘은 중앙선 앞에서 다시 마주 섰다.

"다시 뵙게 되어 반갑습니다, 지도자님."

남측 대통령이 손을 내밀었다. 지도자는 이번엔 망설이지 않았다.

"이제는 익숙해지는군요, 회담이라는 것도."

둘은 잠시 웃었다. 이 짧은 웃음 속에 지난 수십 년의 냉기와 불신을 희미하게 녹이는 온기가 담겨 있었다.

양 정상은 나란히 섰다.

지도자의 얼굴은 야윈 듯하였으나 눈빛만큼은 명확했다. 그는 먼저 마이크 앞에 섰다.

"나는 오늘 지금까지 단절되어 온 수많은 이산 가족들의 고통을 해결하기 위한 합의에 도달한 것을 기쁘게 생각합니다."

침묵이 흘렀다. 남측 기자들의 손이 떨렸다. 그는 천천히 말을 이었다.

"북측은 대한민국과의 협의를 바탕으로 이산 가족 자유 상봉을 위한 상설 상봉센터를 판문점에 설치할 것이며, 6·25 전쟁 이산 가족뿐 아니라 최근 남쪽으로 넘어간 이탈 가족 모두에게 문을 열 것입니다."

남측 대통령이 옆에서 이어받았다.

"대한민국 정부는 이를 적극 지원하며 빠른 시일 안에 상봉센터를 완공하고, 쌍방 이산 가족 등록 및 검색 시스템을 공동 운영 할 것입니다.

그리고 개성공단과 금강산관광 재가동을 위한 실무자급 회담을 조속히 개최하여 가급적 빠른 시일 안에 실행될 수 있도록 남북이 협조하도록 하겠습니다."

공동발표가 끝나자, 브리핑룸은 흥분에 휩싸였다. 한 기자가 떨리는 목소리로 물었다.

"최고 지도자님, 5년 후에 정말로 권력을 내려놓으실 겁니까?"

지도자가 기자를 가만히 응시하다가 입을 열었다.

"죽음이 나를 데려갈 뻔한 순간, 나는 비로소 살아야 할 이유를 알게 되었습니다.

나의 가족을 위해, 이 나라의 미래를 위해 나는 임기를 마치면 집단 지도 체제에 모든 권력을 넘기고 떠날 것입니다."

그 한마디가 끝나자 회견장 전체가 숙연해졌다.

제3차 남북정상회담

　회담장은 평양 대동강변의 새롭게 조성된 평화의 언덕 회담센터. 옛 보통강 호텔 자리 위에 세워진 유리 돔 회담장은 햇살을 받아 반짝이고 있었다.
　내부엔 '남북의 미래를 설계하는 손을 잡다'라는 문구가 큼지막하게 걸려 있었다.
　남측 대표는 대한민국 대통령. 북측 대표는 북측 최고 지도자.
　두 지도자의 세 번째 만남이었다. 그러나 이번엔 무언가 달랐다. 이제는 구호가 아닌 구조를 만드는 회담. 평화의 나무에 가지를 붙이는 작업이었다.

의제 1. 군사위원회 설치.

적에서 감시자로, 감시자에서 동반자로.

"우리는 더 이상 전쟁을 전제로 하지 않습니다."

북측 지도자는 마이크 없이 조용히 입을 열었다.

"공동위원회는 상호 위협을 관리하는 기구가 아니라 상호 안전을 설계하는 기구가 되어야 합니다."

남측 대통령이 고개를 끄덕였다.

"남과 북의 군장교들이 함께 앉아 군사 분계선에서 벌어지는 사소한 충돌까지도 함께 예방하고, 한반도 전체의 긴장을 실질적으로 낮추는 기구가 되어야겠지요."

회의장 스크린에 남북 공동군사위원회의 구상이 펼쳐졌다.

- 공동 감시 체계 구축
- 상호 연락망 구축
- DMZ 내 공동 순찰대 운영 (시범 사업)
- 장기 연구 과제로, 공동 병력 감축 로드맵
- NLL상 공통 어로 구역 설치 방안

참석자들이 그 변화의 규모에 놀라움을 감추지 못했다.

싸움을 멈추는 것을 넘어 함께 지키는 단계로 나아가는 것이었다.

의제 2, 남북협력위원회

모든 분야의 분과별 협력 구조.

대한민국 대통령은 두꺼운 청색 문서를 꺼내 회의장 중앙에 올려 두었다.

"이건 우리가 제안하는 남북협력위원회의 분과 구성안입니다. 경제, 교육, 환경, 복지, 과학 기술, 농업, 산업, 의료, 문화…. 그리고 북측 개발을 위한 특별분과까지 포함되어 있습니다."

지도자는 유심히 문서를 넘겼다. 한 장 한 장 넘길 때마다 그의 표정엔 묘한 감정이 떠올랐다. 과거에 그는 지원이라는 단어에 자존심을 세웠다.

하지만 이제는 공동 설계자가 되고 싶었다.

"우리 쪽도 그에 상응하는 실무 인력을 전면 배치하겠습니다. 분과별로 북측에 우선 과제를 먼저 정리해 내놓지요. 남측의 경험과 자본, 북측의 인력과 자원 그리고 의지를 하나로 묶는 일이 될 것입니다."

회담 마지막 날 공동발표를 마친 후, 대통령과 지도자는 회담장 밖으로 걸어 나왔다.

8월의 무더위 속에서도 평화의 언덕엔 초록이 짙게 깔려 있었다.

"이게 시작이길 바랍니다."

대통령이 말했다.

"이건 시작도 아닙니다…. 이제야 진짜로 싸움이 끝난 것인지도 모르겠습니다."

지도자가 조용히 말했다.

그리고 두 사람은 오래도록 손을 맞잡았다. 기자들의 셔터 소리가 두 사람을 감쌌다.

통일공원 조성

서울, 202X년 4월. 벚꽃이 만개한 청와대 앞마당.
흰 꽃잎이 바람에 흩날리는 가운데, 전례 없는 광경이 펼쳐졌다.
대한민국 대통령과 북측 최고 지도자가 나란히 걷고 있었다.
이는 제4차 남북정상회담. 역사상 처음으로 서울에서 개최되는 남북평화정상회담이었다. 세계 각국의 기자들이 이 순간을 실시간으로 송출했고, 한국 전역의 시민들은 숨죽인 채 화면을 지켜보았다.

"우리는 이제 과거를 역사의 박물관으로 옮길 시점에 도달했습니다."
북측 지도자는 차분한 어조로 입을 열었다.

그는 종전보다 한층 유화적인 인물로 변해 있었다.

2년 전 뇌졸중으로 쓰러진 그는 살아 있는 동안 평화를 이루겠다고 결심했고, 오늘 그 결심은 현실의 문턱에 와 있었다.

"조선의 각지에 세워진 동상과 탑들은 조선인의 역사적 기억 공원으로 이전하고자 합니다. 저희 체제의 상징물이었던 조형물들을 통일공원으로 통합 이전하고자 합니다.

통일공원의 조성에는 남측의 의견도 반영하여 조성하고, 그것이 분단의 상징이 아닌 평화와 화해의 증표가 되도록 하겠습니다."

대한민국 대통령은 고개를 끄덕이며 대답했다.

"통일공원은 우리 국민이 자유롭게 방문하고 북측 주민들 역시 조선의 현대사를 있는 그대로 성찰할 수 있는 공간이 될 것입니다. 미화나 왜곡이 아닌 공동의 해석으로 만들어 갑시다."

양측은 합의문에 서명했다.

관광의 문 처음으로 열린다

두 번째 의제는 더 대중적이었지만 더 큰 기대를 모은 사안이었다.

바로 남북 상호 관광 허용.

"우리는 평양의 단풍을 보지 못했습니다. 금강산은 기억 속에만 있고, 백두산은 사진으로만 존재합니다."

대통령이 말했다.

"우리 인민도 서울의 한강변에서 자전거를 타고, 제주도에서 바람을 맞고 싶어 합니다."

지도자도 덧붙였다.

합의된 관광 협력 방안은 다음과 같다.

양측은 남북의 자유로운 관광산업을 위한 '남북관광관리공동위원회'를 설치 남북의 국민들이 점진적으로 자유롭게 남북을 방문하여 관광할 수 있도록 사업을 확장해 나가도록 했다.

이 발표가 나오자, 회담장 밖 서울광장에 모인 시민들 사이에서는 "드디어!"라는 탄성이 터졌다.

많은 젊은이들이 스마트폰으로 백두산 일출을 검색하기 시작했고, 일부 중년 세대들도 조용히 눈물을 흘렸다.

회담 마지막 날 청와대 뒤 정원에서 공동기자회견이 열렸다.

두 정상은 나란히 섰고, 북측 지도자는 준비된 원고를 접어 손에 쥐었다.

"나는 이제 조선의 모든 권위주의적 표상들을 내려놓고, 그것을 민족이 통합된 기억으로 승화시키려 합니다. 우리가 서로의 길을 인정하면서도 같은 미래를 바라볼 수 있기를 바랍니다."

남측 대통령은 마지막으로 덧붙였다,

"통일은 제도의 병합이 아니라 마음의 연결입니다. 오늘 그 연결을 시작했습니다."

기자들은 일제히 플래시를 터뜨렸고, 하늘엔 드론들이 남북 국기를 한 화면에 담고 있었다.

그 순간, 서울은 남과 북 모두의 수도가 된 듯했다.

문이 열린 날

202X년 3월 15일.
판문점 공동경비구역, 새로 지어진 건물이 전 세계 뉴스에 등장했다.

이산가족 상설 면회장의 하얀 외벽 위엔 이렇게 쓰여 있었다.

'국경도 아닌, 경계도 아닌 사람과 사람이 다시 만나는 장소'
'다시 볼 수 있다는 것, 그것이 평화입니다'

개관식은 소박했지만 엄숙했다.
남측의 대통령과 북측의 지도자가 함께 테이프를 잘랐다.
그러나 진짜 주인공은 따로 있었다. 이산 가족 백 쌍, 그중

절반은 탈북민 가족이었다.

생이별, 망명, 침묵, 편지 한 장 없이 살아온 세월의 결빙을 녹이기 위한 날이었다.

* * *

면회실 B동 3번방.

남쪽의 박영신(85세) 할머니는 노란 코트를 입고 앉아 있었다.

1951년 흥남 철수 때 피난선을 타고 떠난 후 동생 소식은 끊겼다. 그녀의 손은 떨리고 있었다. 문이 열리고, 북측의 할머니 한 분이 들어왔다.

"저… 혹시 영신 언니?"

박영신 할머니는 눈을 크게 떴다.

"영옥이, 너냐?"

눈물이 터졌다. 휠체어에서 몸을 일으키려 했지만, 다리가 따라 주지 않았다. 동생은 언니의 손을 잡았다.

"언니 살아 계셨네요. 살아 계셔서 다행이에요."

울음이 복받쳐 말을 잘 이어 갈 수가 없었다. 그 뒤 2시간 동안 그들은 손을 놓지 않았다.

어릴 적 같이 먹던 옥수수죽 이야기, 평양 시내의 변화 서울 손주의 사진 그리고 그동안의 세월에 대한 원망과 감사까지.

면회실 A동 2층.

북쪽에서 초청된 김창규(74세)는 뭔가 어색한 듯 양복을 매만지고 있었다.

그 앞에 들어선 사람은 남한에서 온 탈북민 여성 김선화(41세). 그는 딸의 얼굴을 보자마자 말을 잃었다.

"아버지…,"

그녀가 먼저 말을 건넸다.

"네가 선화냐? 네가 내 딸 선화냐?"

그는 말없이 딸의 머리에 손을 얹었다.

"살았구나. 살았어, 내 딸이…."

부녀는 눈물이 앞을 가려 말을 잘 잇지 못했다.

한편, 탈북민 어머니와 북측 딸의 이야기도 있다.

탈북민 김지연(53세)는 20년 전 함흥을 떠나 혼자 국경을 넘었다.

당시 남편은 사망했고, 두 딸도 외할머니와 함께 남아 있었다. 이날 만난 이는 둘째 딸 김윤아(31세). 북측 보건소 간호사로 살아왔다.

면회실 문이 열리자, 지연은 순간 얼어붙었다. 윤아가 걸어 들어오는 모습이 마치 자신의 어린 시절을 복제한 듯 그대로였다.

"어머니시죠?"

지연은 그 말에 한 걸음도 내딛지 못했다. 입을 틀어막고 울고만 있었다.

"기억은 안 나요. 근데 할머니가 돌아가실 때 "엄마는 널 버린 게 아니라 살리려고 떠났어."라고 하셨어요."

윤아는 고개를 숙였다.

"저도 엄마처럼 엄마가 됐어요. 아들도 있어요. 이름은 하늘이에요."

그제야 지연이 다가가 딸을 끌어안았다. 울음이 북받쳐서 딸의 얼굴이 잘 보이지 않았다.

기념 촬영장에는 상봉한 가족들이 함께 사진을 찍고 있었다. 배경에는 이렇게 적혀 있었다.

언젠가 다음 면회는 이 건물 말고 너희 집에서 하기를
- 판문점 상설 면회장 초대운영위원회 -

그날 남북의 각 뉴스에는 이러한 자막이 떴다.

'판문점 이산가족 상설 면회장 개관 첫날 94 가족 상봉 성사'

국무총리와
야당 원내 부대표의 실전

국회 본회의장 전광판에 '대정부 질문'이라는 글자가 선명히 빛나고 있었다.

회의장을 가득 메운 긴장된 공기 속에서 마이크 앞에 선 이는 야당을 대표하여 오늘 대정부 질문을 하기로 한 야당 원내 부대표 김수인 의원이었다.

그는 폭넓은 식견과 유연한 포용력으로 야당 내에서도 촉망받는 인물이었다.

그는 차분한 목소리로 질문을 시작 하였다.

"총리께 묻겠습니다.

본 의원은 이번 질의를 준비하며, 단순한 여야 공방이나 정치적 구호가 아니라, 진정 국민들이 궁금하고 우려하는 문제를 갖고 질문을 하려고 합니다.

저는 이 질문의 내용을 사전에 총리실에 전달해 드렸습니다. 이는, 통일 관계 문제는 여야의 입장을 떠나 전국민의 관심사며 국가의 장래를 위하여 너무도 중요한 문제이기 때문에, 여야 정쟁의 차원을 떠나 진심을 갖고 질문하려고 하니 역시 총리님도 즉흥적인 답변이 아닌, 심도 있고 책임 있는 답변을 듣고자 하는 취지에서 미리 검토할 시간을 드린 것입니다. 유익한 답변을 기대하겠습니다."

순간, 본회의장에 잠시 술렁임이 있었다.

"사전에 질의 내용을 알렸다니!"

여야 의원들의 표정이 엇갈렸지만, 야당 원내 부대표의 태도는 흔들림이 없었다.

"총리께서 성심껏 답해 주신다면 그것이 바로 우리가 이 자리에 선 이유일 것입니다. 정쟁을 넘어 국민들이 이익이 되는 토론을 이어 가길 바랍니다."

김 의원이 자세를 가다듬고 질문에 들어가기 시작했다.

"첫째, 남북 평화 협정은 폭넓게 추진되고 있으며, 장부는 남북의 전면적인 통일을 전제로 융합 과정을 합의해 나가고 있습니다. 그러나 우리는 간과해서는 안 될 불행한 과거를 갖고 있습니다.

지난날 우리는 6자 회담을 열어 원자력 발전소를 건설 하기로 하고, 북측은 핵 실험을 포기하기로한 협정을 맺은 적이 있습니다.

그러나 핵 발전소를 착공하고 진행하는 중에 북측의 일방적인 협정 위반으로 무산되고, 그동안 진행하던 건설 현장과 장비들을 그대로 두고 철수한 적이 있습니다.

금광산 관광도 잘 진행되는 듯했으나 하루아침에 중단되고, 막대한 투자 자금을 날린 꼴이 되었습니다.

개성공단은 어땠습니까. 그 많은 시설과 장비들을 한 푼도 건지지 못하고 철수해야 했던 입주업체들의 고통도 다시 재현돼서는 결코 안 될 것입니다.

북측은 남북 연락 사무소의 폭파와 같은 야만적인 행태를 하루아침에 결정하고 실행하는 1인 독제 체제입니다.

지금까지 그들과 맺었던 모든 협정 중 온전하게 지속되어 온 것이 하나도 없습니다. 지금 진행되고 있는 폭넓은, 그리고 전면적인 남북 협정이 계속 차질 없이 진행될 것이라는 보장은 어디에도 없습니다. 그들은 어떤 협정도 하루아침에 뒤집을 수 있는 독제 체제입니다.

그리고 그때 대한민국이 입는 막대한 피해는 상상을 초월할 것입니다. 현 정부는 이러한 문제에 대하여 어떤 대책이 있는지 총리께 문의합니다.

둘째는 통일공원 조성에 대한 문제입니다. 통일이 되면 한반도 전체는 자유 민주 체제로 운영될 것입니다.

개인 숭배의 상징인 동상과 조형물들을 통일공원에 모아 둔다고 하지만, 우리 국토 위에 영구히 보존하고 관리한다는 것이 국민 정서상 용인될 수 있는 것인지 국민들은 의아해하고 있습니다.

특히, 북측 지도자 사저는 통일공원 내에 건축하여 국가에서 관리한다는 것은 현재 남한의 대통령들의 퇴임 후 예우에 비하여 너무나 큰 특혜를 준다는 것이 일반적인 여론입니다. 이에 대한 정부의 견해는 어떤 것인지 묻고 싶습니다."

순간, 본회의장 공기는 더욱 팽팽해졌다.

여당의원석은 침묵했고, 일부 야당의원들은 고개를 끄덕이며 박수를 쳤다.

국민들이 보고 있다는 듯, 카메라 플래시가 총리를 향하여 연이어 터졌다.

김수인 부대표는 숨을 고른 뒤 목소리를 높였다.

"세 번째 질문입니다.

북측은 현재 말할 수 없는 부패가 사회 전반은 물론, 특히 권력자들의 생활에 떼어 놓을 수 없는 삶의 방식이 되고 있습니다.

권력자들은 정당한 급여로 생활을 영위 하는 것이 아니라, 권력 행사의 반대 급부로 재산을 축적하고 있습니다.

소위 말하는 북측의 전주들은 모두 권력자들과 공생 관계에 있으며, 각 권력 기관들은 자신들이 직접 운영하는 사업체를 갖고 축제의 수단으로 삼고 있습니다.

이러한 상황에서 북측을 개발하기 위한 막대한 자금이 북측에 들어갈 텐데 무슨 수로 이들의 부정 축재 행위를 막을 수 있겠습니까.

남북 경협이 북측 부패 권력자들의 축재 기회가 되는 것을 막을 수 있는 어떤 대책이 있는지 국민들은 궁금해할 것입니다.

국민들이 낸 세금과 기업들이 투자한 막대한 자금들이 부패 축재로 흘러 나간다면 이것은 문제입니다."

본 회의장은 다시 술렁이기 시작했다.

야당의원석에서 박수가 터져 나왔고, 여당의원석에서는 고개를 젓는 사람들이 있었으나, 그들의 표정에는 흔들림이 엿보였다.

김수인 부대표는 다시 마이크를 잡고, 질의를 계속해 나갔다.

"네 번째 질문입니다.

현무미사일의 공동 감시에 국민들은 불안해합니다. 현무미사일은 단순한 공격 미사일이 아닙니다. 북측이 서울에서 불과 수십 킬로미터 앞에 방사포와 미사일을 겨눈 상태에서 우리의 유일한 억제력이 바로 현무미사일인 것입니다.

이것을 북측 감시 앞에 둔다면 우리의 작전 계획은 고스란히 드러납니다. 물론 생산과 기술적인 부분은 제외된다고 하지만, 운영 부분에 감시가 이루어진다면 전력 차질이 불가피해질 것입니다.

정부는 이러한 문제에 대하여 어떠한 대책이 있는지 궁금합니다.

다음, 다섯 번째 질문입니다.

북측 주민 10만 명을 관광 초청한다는 말이 있는데 이것이 사실인지, 이것이 사실이라면 막대한 자금을 들여서 할 만큼 필요한 것인지, 그 효과는 무엇인지 답변해 주실 것을 요청합니다.

통일 문제는 전 국민의 과제입니다. 국민의 공감과 이해를 얻지 못하고 시행된다면, 국론 분열의 시발점이 될 것입니다. 총리님의 성의 있는 답변을 요청드립니다."

국무총리의 답변이 이어졌다.

답변대에 선 국무총리는 서류를 정리하듯 천천히 손끝을 모았다.

그리고 고개를 들어 질문자와 의원들을 향해 말했다.

"존경하는 김수인 의원님, 먼저 이 자리를 빌어 사의를 표합니다.

오늘의 질의는 단순한 정치적 공세가 아닌, 국가적 과제를 심도 있게 논의하자는 취지에서 비롯되었음을 잘 알고 있습니다.

사전에 질의 내용을 알려 주신 덕분에 저와 우리 정부는 답변을 더욱 성실히 준비할 수 있었습니다.

국민 앞에서 책임감 있는 답변을 드릴 기회를 주신 것, 대단히 고맙게 생각합니다. 저의 오랜 정치 생활 중 처음 보는 경우라 처음에는 당황하기도 하였지만, 의원님의 용기 있는 배려에 진심으로 박수를 보냅니다."

총리의 목소리는 흔치 않게 부드럽고, 진심이 담겨 있었다. 순간 회의장의 공기는 미묘하게 바뀌었다. 야당의원들조차 잠시 고개를 끄덕이는 이들도 있었고 여당의원들 또한 은근히 놀란 기색을 감추지 못했다.

그 짧은 순간, 국회는 흔히 보기 힘든 차분한 대화의 장으로 바뀌었다.

질의와 답변이 마주한 자리였지만, 그 속에는 국민 앞에 함께 서려는 두 정치인의 의지가 서려 있었다.

"의원님의 첫 번째 질문에 대한 답변입니다. 남북 협정을 북측이 일방적으로 파기 했을 때의 대책입니다.

북측은 과거 여러 차례 합의와 약속을 스스로 파기하여 우리 국가에 실망과 피해를 안긴 바 있습니다.

이번 남북 평화 협정 또한 그러한 우려가 제기될 수 있다는 점을 충분히 인식하고 있습니다. 이에 정부는 다음과 같은 대비책을 마련하고 있습니다.

첫째, 이번 협정은 단순한 남북 간의 협정에 그치지 않고 국제 사회, 특히 유엔과 주변 4대국을 비롯한 주요국들에 함께 보증하는 다자적 구조 속에서 체결될 것입니다.

따라서 북측이 일방적으로 협정을 파기할 경우, 국제 사회

전체와의 신뢰를 잃게되고, 정치 경제적 압박을 피할 수 없게 될 것입니다.

둘째, 우리의 군사적 대비 태세는 결코 약화되지 않습니다. 협정체결 이후에도 우리 군은 강력한 억제력을 유지하여 만약 북측이 협정을 위반하거나 군사적 도발을 감행한다면 즉각적이고 단호한 대응이 가능하도록 준비하고 있습니다.

셋째, 남북 교류 협력의 이행 과정을 단계별 조건부로 추진합니다. 북측이 합의를 성실히 이행할 때마다 점진적으로 혜택을 주는 방식으로, 파기 시 즉시 중단할 수 있는 구조를 마련하여 일방적 손해를 예방하겠습니다.

넷째, 협정 이행 여부를 실시간으로 감시하고 투명하게 공개하기 위한 남북공동위원회와 국제 감시 체계를 병행하여 북측이 마음대로 파기할 수 없도록 제도적 장치를 강화하겠습니다.

즉, 이번 평화 협정은 과거와 달리 북측이 일방적으로 파기하기 어려운 구조를 만들고, 만약 파기한다 해도 우리와 국제 사회가 단호하게 대응할 수 있는 체계를 마련하는 것이 핵심입니다.

정부는 국민의 안전과 국가 이익을 최우선에 두고 협상을 진행할 것입니다."

총리는 비교적 상세하게 그리고 성의껏 답변해 나갔다.

통일공원에 대한 문제는, 우리가 통일을 하기 위해서는 최고 지도자에게 퇴로를 만들어 주어야 한다는 점과 세월이 지나면 통일공원이 국제적 관광 명소도 될 수 있다는 것을 중국의 진시황제 묘소를 예를 들어 설명하기도 했다.

그리고 지도자 사저 문제도, 안전한 퇴로를 설정하지 않으면 통일 협상 자체가 힘들어진다는 점을 들어 국민들이 양해해 줄 것이라 설명했다.

북측 개발 자금이 북측 부패 권력층의 호주머니로 들어가는 문제는 총리가 비교적 상세하게 설명하였다.

"존경하는 국민 여러분 그리고 의원 여러분, 많은 부분에서 우려하시는 대로 남북 협정을 통해 개발 자금이 유입될 경우 일부 부패한 권력층이 사적 이익으로 전용될 가능성은 분명히 존재합니다.

정부 역시 이 점을 깊이 인식하고 있으며, 그러한 사태가 발생하지 않도록 철저한 대책을 강구하고 있습니다. 투명한 집행 구조를 마련하겠습니다.

북측에 제공되는 개발 자금은 남북 공동으로 구성되는 감독위원회의 승인과 관리하에 집행되며, 국제기구와 민간 전문가를 참여시켜 사용 내역을 정기적으로 점검하도록 하겠습니다."

총리의 발표가 진행되는 동안 여당의원들은 흐뭇한 표정으로 총리의 발표를 응원하였지만, 야당의원들은 불만인 듯 총리를 주시하고 있었다.

 총리의 답변이 현무미사일 공동 감시 문제에 들어서자, 드디어 야당의원들의 고성이 터져 나왔다. 국방 분과위 소속 야당의원이 일어나며 고함을 질렀다.
 "이게 말이 된다고 생각하십니까? 우리의 핵심 방위 무기를 북측과 공동으로 감시하겠다는 겁니까?"
 그의 말에 이어 다른 야당의원이 더욱 날 선 목소리로 외쳤다.
 "이게 안보입니까? 자해입니다. 국가 방위의 근간을 스스로 흔드는 소리예요!"
 회의장은 혼란스러운 농성장처럼 변해 갔다.
 "어찌하자는 건가? 안보 무장 해제나 다름없지 않느냐!"
 여야 의원 곳곳에서 격양된 목소리가 충돌했다.
 분위기는 순식간에 혼탁으로 치달았다. 의원들은 마치 전쟁터의 함성처럼 서로를 향해 쏟아 냈다. 국회의장은 단호하게 정숙을 요구했지만, 그 소리도 잡음에 묻혀 버렸다.

 국회의장이 재차 엄숙하게 입을 열었다.
 "여기서 잠시 정회하겠습니다. 질서 유지를 요청드립니다."
 그러나 그마저도 큰 소리 속에 묻히자, 보좌진들은 긴박하게 움직였다.
 회의장 한쪽 구석에서는 서류가 무더기로 떨어지고, 일부 의원들은 책상을 두드리며 분노를 표출했다.

총리는 잠시 숨을 고르고 목소리를 낮추며, 앞으로 다가갔다. 방청석은 일순간 정적에 휩싸였다. 그의 목소리가 귀에 닿기 시작했다.

총리가 차분히 입을 열었다.
"존경하는 의원 여러분, 지금 이 순간, 국민 여러분의 안보에 대한 불안과 열망이 이토록 크다는 사실을 느낍니다.
하지만 이 공동 감시 제안은 결코 국방 화력을 약화하려는 의도가 아닙니다. 감사 대상은 현무미사일의 발사 준비 상태 등 절차적 투명성에 한정되며, 무기 체제 자체의 통제나 철폐는 포함되지 않았습니다.
즉, 무기 자체를 무력화하거나 해체하는 것이 아니라 절차의 투명성을 확보하는 것이 핵심입니다. 이 제도는 북측이 어떠한 도발을 할 경우 불확실성 대신 예측 가능한 억제 구조를 제공하고, 심리적 안정과 억제력을 동시에 갖는 장치로 설계된 것입니다.
저는 이 제안이 결코 안보의 허점을 드러내는 것이 아니라 투명성과 신뢰 기반의 억제 전략임을 강하게 말씀드립니다."
총리의 말이 끝나자 험악했던 회의장은 서서히 잠잠해졌다. 일부 의원들은 숨을 고르며 천천히 고개를 끄덕였다.
회의장은 완전히 안정되진 않았지만 총리의 침착한 대응으로 갈등은 한 걸음 진정된 쪽으로 나아갔다. 총리의 답변이 계속되는 동안, 서서히 회의장 분위기는 안정되어 갔다

북측 주민 10만 명 초청 관광에 대하여 총리가 답변하였다.
"존경하는 의원 여러분, 먼저 말씀드리고 싶은 것은, 이번 관광 초청은 단순한 이벤트가 아니라 남북 화해에서 실질적 교류의 신호탄이 될 대규모 평화 프로젝트라는 점입니다.
북측 주민 10만 명을 일정 기간 나누어 맞이하는 계획이며, 이들은 각 지역별로 분산되어 한국의 문화를 직접 체험하고 또 우리의 국민들과 교류할 수 있는 기회를 얻게 될 것입니다."
야당의원석에서 다시 고성이 터져 나왔다.
"국민 세금으로 북측 주민들을 놀러 오게 하겠다는 겁니까?"
총리가 다시 설명에 나섰다.
"결국 이 사업은 북측 주민에게 한국의 발전상과 자유로운 사회의 모습을 직접 보여 줌으로써 장기적으로 남북 간 신뢰를 쌓는 통일 준비 과정의 한 걸음이 될 것입니다.
저는 이 정책이 단순한 관광이 아니라 남북 모두의 미래를 위한 투자라는 점을 분명히 말씀드립니다. 남북이 더 이상 되돌릴 수 없는 평화 통일의 길로 들어가고 있음을 상징하는 행사가 될 것입니다."

기타 질문에 대해서도 총리의 성의 있는 답변이 계속되었다.

총리는 마지막으로 끝맺는 말을 하였다.

"분단을 딛고 평화로 향해 가는 길은 멀고 험합니다. 하지만 누군가는 그 첫발을 내디뎌야 합니다. 정부가 그 역할을 맡겠습니다.

그리고 국회가 함께해 주신다면 우리는 반드시 새로운 역사를 써 내려갈 수 있을 것입니다."

그는 단상에서 야당 원내 부대표가 있는 쪽을 향하여 사의를 표했다.

"오늘 답변을 준비하는 데 시간적 여유를 주신 김수인 의원님께 대하여 다시 한번 고마움을 표합니다. 의원님들, 감사합니다."

총리는 고개를 숙여 인사하고 내려와 야당 원내 부대표에게 걸어가서 악수를 청하고, 퇴장하였다.

* * *

국회 본회의가 파한 다음, 원내 부대표에게 기자들이 질의하였다.

"왜 질의 내용을 총리에게 미리 알려 줄 생각을 했습니까?"

부 대표가 잠시 생각에 잠기더니, 이내 입을 열었다.

"K-PEACE에 대한 책을 읽었어요. 그 책을 읽고 나니 총리께 미리 알려 드리고 싶더군요."

"그게 무슨 책입니까?"

"기자님들도 한번 찾아서 읽어 보세요. 통일에 대한 생각이 달라질 겁니다."

K-PEACE(평화)의 등장

　민주평통자문회의 미국 워싱턴 지부는 2021년 제20기 회의를 개최하면서 '지속 가능한 한반도 평화 실현'이라는 평화 운동 정신을 K-PEACE라는 구호에 담아 활동하고 있었다.

　책 『남북 모두가 승리자가 되는 통일 방안』의 저자는 우연한 기회에 이런 소식을 접하고, 먼 타향에 있는 교민들까지도 고국의 평화 통일에 관하여 이렇게 관심을 갖는데 오히려 국내에서 통일에 대한 관심이 점점 멀어져 가고 있는 상황을 매우 안타깝게 생각하고 있었다.
　워싱턴 지부의 K-PEACE의 구호에 대하여 알아보던 중 '지속 가능한 한반도 평화 실현'이라는 설명 외에 구체적인 의미 부여나 행동 강령 같은 게 없는 것이 아쉬웠다.

그 좋은 K-PEACE라는 구호에 설명이 없다니….

저자는 워싱턴 지부의 평화 정신과 K-PEACE라는 구호를 미국에서만 사용할 것이 아니라 국내에서도 널리 알려 통일 여론을 조성하는 데 도움이 되어야겠다는 일념에서 순전히 개인적인 연구로 'K-PEACE 선언문'과 참가 독려문을 만들어 자신의 저서에 올리게 되었다.

K-PEACE 선언문

존경하는 국민 여러분 그리고 평화를 꿈꾸는 모든 분들
오늘 우리는 역사의 새로운 장 앞에 서 있습니다
한반도는 너무 오랫동안 분단과 갈등 속에 고통받았습니다
수많은 가족이 서로의 얼굴을 그리워했고 수많은 마음이 상처 속에 얼어붙었습니다
하지만 이제 우리는 말할 수 있습니다

우리는 대결의 사태를 끝낼 것입니다
우리는 화해와 상생의 길을 열 것입니다
우리는 평화를 지키고 확산시키며, 미래 세대에게 희망을 전할 책임이 있습니다
오늘 이 순간 우리는 선언합니다
우리는 K-PEACE로 한반도 평화 통일 운동에 동참합시다

K-PEACE는 '지속 가능한 한반도 평화 실현'이자 곧 남북 평화 통일입니다

작은 행동이 큰 변화를 만들 것입니다
분쟁의 상처가 치유될 것입니다
평화의 불씨가 한반도 곳곳에 타오를 것입니다
오늘의 마음이 내일의 행동이 되도록 우리는 한걸음씩 평화와 통일로 나아갈 것입니다
국민 여러분 함께 외칩시다
"평화는 선택입니다 K-PEACE가 그 길을 열어 나갈 것입니다"
함께 손잡고 나아갑시다
한반도의 평화, 우리의 미래 그리고 우리 아이들의 미래를 위하여

* * *

처음에 K-PEACE 운동은 주목을 받지 못했다.

그러나 남북정상회담이 제3차, 제4차를 넘어가면서 K-PEACE는 모든 이들의 입에 오르내리기 시작하였다.

특히 K-PEACE 선언문이 있는 책 『남북 모두가 승리자가 되는 통일 방안』에서 최초로 주장한 통일공원이 남북 협상 최대의 합의 사항이 되면서, K-PEACE는 국경을 넘어 외국에서도

관심을 갖는 단어가 되었다.

매주 열리다시피 하는 광화문 시민들 집회도, 여와 야 또는 진보와 보수의 난타전 집회에서 K-PEACE의 지지를 정부에 요청하는 분위기로 변하기 시작하였다.

이제 K-PEACE는 국론의 분열을 봉합하고, 진보와 보수를 아우르는 '어젠다'로 발전해 가고 있었다.

한국의 유명 연예 기획사들이 K-PEACE에 관한 책을 읽고 깊은 영감을 받아 'K-PEACE의 훌륭한 정신을 K-POP에 접목할 수는 없을까' 하고 생각하게 되었다.

유명 K-POP 그룹들이 K-PEACE를 주제로 한 노래를 작곡하여 부르면서, 이제 K-PEACE는 K-POP의 물결을 타고 전 세계로 퍼져 나가게 되었다.

특히 한국이 적대적 남북 관계를 청산하고 평화적 융합의 관계로 들어서자 한국은 세계 평화의 모범적 사례로 여겨지며 한국을 배우자는 분위기가 고조되고 있는 중에 세계적인 K-POP 가수들이 K-PEACE 노래를 부르고 있으니, 가히 한국의 위상이 하늘을 찌를 듯이 올라가고 있었다.

세계가 주목한 K-POP, K-PEACE

뉴욕, 타임스퀘어의 울림

뉴욕 타임스퀘어 한가운데 수천 명의 관객이 모인 가운데 'K-POP, K-PEACE' 공연을 펼쳤다. 공연 직후, 한 청년이 SNS에 글을 남겼다.

'이 노래와 춤이 이렇게 평화를 전할 수 있다니! 우리도 K-PEACE입니다.'

CNNN 기자는 공연을 이렇게 보도했다.

'단순한 음악 공연이 아니다. 한국 청년들의 협력과 K-PEACE 정신이 결합한 역사적 사건이다. 문화가 평화를 전하는 강력한 도구임을 보여 주었다.'

런던, 문화 교류와 화해의 장

런던 공연에서는 현지 청소년들과 함께하는 워크숍이 열렸다. 참가자들은 과거 갈등 사례들을 공유하며 K-PEACE 안무를 배우고, 구호를 외쳤다.

BBCC는 다음과 같이 보도했다.

'K-POP의 흥겨운 리듬 속에 K-PEACE 정신이 녹아 있다. 청소년들은 춤과 노래로 평화를 배우고, 세계 시민으로서의 책임감을 체험하고 있었다.'

현지 인터뷰에서 한 학생은 이렇게 말했다.

"춤과 노래가 이렇게 사람들의 마음을 하나로 만들 줄 몰랐어요. 평화가 이렇게 즐거울 수 있다니, 놀라워요!"

또 다른 학생은 이렇게 말했다.

"이 공연을 보면서 우리가 평화를 만드는 주체가 될 수 있다는 것을 깨달았어요."

르몽드르는 공연을 이렇게 소개했다.

'한반도에서 시작된 평화의 물결이 K-POP을 타고 세계로 퍼지고 있다. K-PEACE 정신은 이제 전 세계 청소년과 시민들의 마음속에 심어졌다.'

북측 관광팀 초청

서울특별시청의 회의실은 아침 햇살이 스며드는 가운데, 직원들이 빼곡히 자리 잡고 있었다.

단상 위에는 서울시장이 서 있었다. 남북 협약에 따라 북측 주민 1만 명을 서울시가 관광 초청을 하였고, 그중 1천 명이 처음으로 서울에 도착하는 날이었다.

시장의 눈빛에는 단순한 지시가 아닌 책임감과 따뜻함이 함께 담겨 있었다.

"오늘 우리 서울은 역사적인 손님을 맞이합니다."

시장은 잠시 숨을 고르고, 한 사람 한 사람을 바라보며 말을 이어 갔다.

"북측 관광단이 서울에 처음 발을 디딘다는 것은 단순한 관광 행사가 아닙니다. 남과 북의 수십 년의 갈등을 넘어 서로의 문화를 배우고 이해하는 아주 중요한 순간입니다."

회의실 전 직원은 고개를 끄덕이며 집중했다.

"안내와 인내 속에서 작은 배려 하나, 미소 하나가 얼마나 큰 의미를 갖는지 잊지 마십시오. 관광객들이 처음 보는 서울, 처음 보는 사람들에게서 느낄 감정까지 모두 우리가 책임지고 있는 것입니다."

그는 잠시 말을 멈추고 창밖을 바라보았다가 다시 직원들을 향해 말했다.

"무엇보다 중요한 것은 안전입니다. 질서 있는 안내, 친절한 안내 그리고 세심한 배려, 작은 실수 하나가 신뢰를 흔들 수 있다는 사실을 잊지 마십시오."

한 직원이 작은 목소리로 "알겠습니다." 하고 대답하자, 서울 시장은 미소 지으며 고개를 끄덕였다.

"좋습니다. 그리고 잊지 마세요. 이 행사는 단순한 방문이 아니라 미래의 남북 관계를 여는 디딤돌입니다. 여러분 한 사람 한 사람의 마음과 행동이 평화의 첫걸음을 만드는 것입니다."

회의실 안은 잠시 고요했다. 직원들은 서로 눈빛을 주고받으며 결의를 다졌다. 마지막으로 시장이 목소리를 높였다.

"자, 모두 힘을 모읍시다. 손님들을 안전하게 그리고 따뜻하게 안내합시다. 우리 서울이 보여 줄 수 있는 가장 아름다운 모습을 선물하는 날입니다. 알겠습니까?"

직원들은 일제히 "네, 시장님." 하고 외쳤다.

그날 서울시청의 작은 회의실에서 시작된 당부와 결의는 이후 남북 관광단과 시민이 마주하는 모든 순간 속에 살아 숨 쉬었다.

서울 광장

　가을 햇살이 투명하게 비치는 아침, 천 명의 북측 관광객이 서울 시민들의 환호 속에 광장에 도착했다. 시민들은 손에 손을 흔들며 작은 깃발과 환영 플래카드를 들고 있었다.
　서울시장은 단상에 올라 손을 들어 사람들을 향해 미소 지었다.
　"오늘 우리는 특별한 날을 맞이했습니다. 평화의 길을 걷는 역사적인 순간, 바로 여러분을 서울에서 맞이하는 날입니다."
　관광객들의 얼굴에는 긴장과 호기심이 섞여 있었다. 어린 학생들은 서로 손을 잡고, 어른들은 주변들을 둘러보며 눈을 반짝였다. 시장은 잠시 숨을 고르고 말을 이어갔다.
　"지난 세월 우리는 서로를 알지 못했고, 서로의 삶을 이해하지 못했습니다. 하지만 오늘 이 순간, 우리는 손을 내밀며 마음을 열어 서로를 마주합니다.

여러분이 서울에서 보는 것, 느끼는 것 하나하나가 남북 화해와 평화의 디딤돌이 되기를 바랍니다."

광장에서는 어린이 합창단이 조용히 평화의 노래를 부르기 시작했다.

"여러분, 서울은 이제 여러분의 도시입니다. 오늘부터 우리는 함께 걷고, 함께 웃으며 서로의 삶을 이해하게 될 것입니다. 이것이 바로 평화입니다."

관광객 단장인 중년 남성이 단상 앞으로 나와 존경의 뜻을 표했다.

"서울 시민 여러분, 따뜻한 환영에 감사드립니다. 오늘 이 자리는 단순한 방문이 아니라 남과 북이 함께 나아갈 미래의 약속입니다. 우리 관광단은 이 순간을 잊지 않겠습니다."

시장은 손을 들어 마지막으로 외쳤다.

"환영합니다. 서울은 여러분을 항상 기다렸습니다."

광장에는 환호와 박수가 터져 나왔고, 관광객들은 손을 흔들어 답했다.

일부는 눈가가 촉촉하게 젖어 있었다.

그날 서울 광장은 평화의 광장이 되었다.

관광단은 몇 개의 팀으로 나뉘어 서울 관광, 관광지 관광, 산업단지 관광을 돌아가면서 하게 되었다.

북측 관광객들은 남쪽에 발을 들여놓으면서부터 놀라움의 연속을 경험했다.

남조선이 어느 정도 잘살고 있다는 것은 들어서 알고 있었지만, 모든 것이 상상 이상이고 낯설었다.

남한의 산에 빼곡히 들어선 나무들을 보고 놀랐다. 북측의 벌거숭이 산과는 비교가 안 되었다.

그리고 큰 도로는 물론이고, 농촌의 작은 동네 골목까지 도로 포장이 되어 있어서 더욱 놀라웠다.

농번기인데도 들판엔 사람들이 없었고, 벼 베는 농기계들만 들판을 왔다 갔다 하는 것이 보였다.

농촌의 농가 옆에도 나무들이 빼곡히 들어서 있는 것을 보니 농촌에서도 나무를 때는 것 같아 보이지 않았다.

고속도로를 달리면서 끝없이 이어지는 대형 화물 트럭들의 행렬을 보면서 이동하는 물류의 규모가 어느 정도인지 가늠이 되지 않았다.

그리고 그 넓은 고속도로가 정체되는 것을 보고 차량의 숫자도 가늠할 수가 없었다.

시내를 다니는 사람들의 옷차림이 모두 단정하였고, 특별히 빈티 나는 사람을 찾아볼 수가 없었다.

사람들의 얼굴은 모두 뽀얗게 윤기가 흘렀고, 표정은 편안하여 각박한 것을 느낄 수가 없었다.

고속도로에서 쉬어가는 휴게소를 들어가 본 후 정말 놀라고 말았다.

휴게소 규모도 놀랍지만, 다양한 시설과 각양각색의 먹거리와 판매 물품에 입이 다물어지지 않았다.

특히 여러 사람이 사용하는 화장실의 청결함에 놀라움을 금할 수 없었다.

그리고 남한은 미군의 식민지라는데, 하루 종일 돌아다녀도 미군은 한 사람도 볼 수 없었다.

산업 시설을 돌아볼 때는 너무나도 충격적이었다.

자동차 공장을 돌아보는데, 그 많은 일들을 대부분 로봇이 해내는 것을 보고 격세지감을 느꼈다. 수도 없이 많은 자동차들이 조립 라인을 타고 끝도 없이 흘러 나오고 있었다.

거제도 조선소를 보고는 입을 다물지 못했다. 세계 바다에 떠다니는 화물선의 30퍼센트 정도가 한국 조선소에서 만든 배라는 이야기를 듣고, 그런 것을 까맣게 모르고 살았던 지난날이 허망하게 느껴졌다.

그러나 그들은 동시에 희망을 보았다.

이제 남북의 경제 교류가 활성화되면 북측도 빠르게 발전할 수 있을 것이라는 기대를 할 수 있게 되었다.

불야성을 이룬 남한의 밤경치를 보면서 북측도 언젠가는 밝은 미래가 올 것이라는 꿈을 가질 수 있게 되었다.

3부

완전한 통일의 길

남북 통일 협정 체결 후 10년
(세계 평화 연구 센터)

 북측 사람들은 더 이상 굶지 않았고, 정보의 자유를 누리며 '손에 닿을 수 있는 희망'을 말할 수 있었다.
 가장 큰 변화는 북측 주민들이 '나도 선택할 수 있다'고 믿기 시작한 것이다. 그들의 꿈은 더 이상 허락받아야 할 것이 아니라, 스스로 그릴 수 있는 미래가 되었다.
 북측의 모든 학교에는 남한과 같은 수준의 급식이 제공되었다.
 그리고 남한과 같은 교과서를 쓰기 시작하였다.
 북측의 군대는 더 이상 농사나 가축 사육 등 스스로 먹거리를 해결하기 위하여 동원되지 않았고, 국가적 건설 사업에 강제 동원되지 않았다.
 그리고 군대의 급식은 주로 쌀밥과 영양가 있는 부식이 자율

배식으로 바뀌어 자기가 먹고 싶은 만큼 먹을 수 있게 되었다.

옛날의 영양 부족으로 야위고 힘없는 군사들은 볼 수 없었고, 모두 뿌옇게 혈색이 좋고 건장한 체력으로 변해 있었다. 복무 기간이 10년에서 3년으로 줄어들었고, 1년에 2번씩 의무적으로 휴가가 주어졌다.

옛날에 반강제적으로 노동을 착취당하였던 돌격대는 해체되었고, 모든 건설 인원들은 건설 업체에 소속되어 정당한 급여를 받고 안전한 환경에서 작업을 할 수 있게 되었다.

평양 시내와 지방 대도시에는 늘어난 자동차들로 인하여 교통이 혼잡할 정도가 되었고, 당국이 발표한 통계에 의하면 평양의 가구당 승용차 보급률이 40%에 달하며 기타 지방 도시도 30%의 보급률에 이르렀다.

평양의 가구당 에어컨 보급률이 60%가 되었으며, 지방 도시도 40%의 보급률을 기록했다.

연간 해외 출국자 수가 100만 명에 달했으며, 해외 입국 외국인 수가 관광객들만 600만 명에 달할 것으로 추정되고 있었다.

평양의 통일공원은 북한 최대의 관광 명소가 되어 있었다. 역사적 의미를 떠나서 그 많은 동상과 조형물들이 관광객들의 눈길을 사로잡았다.

통일공원은 이제 북한 관광의 필수 코스가 되어 있었다.

북측 각지에 세워진 공단과 해외에서 이전한 중소기업체, 대기업의 북측 내 신설 공장을 포함해서 북측 각지는 전체가 생산공장 기지로 변해 가고 있었다.

　농촌의 현대화는 눈을 의심할 정도였다.

　풍부하게 비료가 공급되고 있었으며, 남한의 현대화된 농업 기술이 북측 농촌에 접목되면서 하루가 다르게 변해 가고 있었다.

　인공위성에서 찍었던 캄캄한 북측의 밤은 이제 붉은 빛들이 명멸하는 불바다로 변해 가고 있었다.

세계평화연구센터

　남과 북은 남북 평화 협정 체결 10주년을 맞이하여 평양에 '세계평화연구센터'를 설립하였다.
　운영은 남북이 함께하며, 운영 경비는 남측이 80%, 북측이 20%를 부담하여 운영하기로 하였다.
　운영 목적은 남북이 평화 통일로 이루어 가는 과정을 통하여 얻은 경험을 세계와 나누는 것이다.
　전 세계의 갈등을 겪고 있는 지역의 분쟁 당사자들과 함께 3주간의 연수를 통하여 분쟁 해결에 도움을 주고, 함께 고민하는 시간을 갖는 것이 주목적인 것이다.
　모든 왕복 항공료와 연수 기간의 경비는 평화연구센터에서 부담한다.
　3주간의 연수 기간 중 용서와 화해 그리고 평화가, 갈등을 겪고 있는 모두를 위하여 얼마나 필요한지를 배운다.

그리고 남북 평화 통일의 과정도 봄으로써 이해시키고, 평화를 택한 남북이 그 후 얼마나 경이적인 발전을 이룩하였는지를 직접 경험하며, 앞으로 세계 평화에 기여하겠다는 것이 설립 취지다.

처음에는 큰 주목을 받지 못했으나, 이 센터의 취지에 크게 감명한 북측 전 지도자와 대한민국 전 대통령이 자진해서 자원봉사의 차원에서 매 기수마다 찾아와서 강연을 해 주고, 수강생들을 직접 만나 상담을 하면서부터 평화연구센터의 활동이 전 세계적으로 주목받기 시작하였다.

평화의 언어

세계평화연구센터의 강당에는 조용한 긴장감이 감돌고 있었다.

벽면에는 다양한 언어로 쓰인 '화해', '평화', '미래'라는 단어가 조명 속에서 반짝이고 있었고, 'K-PEACE로 세계에 평화를'이라는 구호가 걸려 있었다.

청중 속에는 각 나라에서 온 서로 적대적인 대표자들, 오랜 분쟁과 증오 속에서 자란 사람들이 나란히 앉아 있었다.

연단 위에는 두 명의 인물이 앉아 있었다.

머리카락이 희끗해진 북측 전 지도자 그리고 늘 온화한 미소를 띤 대한민국 전 대통령이었다. 남북 평화 협정의 두 주역이다.

그들이 마주 서자 강당은 숨을 죽인 듯 조용해졌다. 북측 지도자가 먼저 입을 열었다. 그의 목소리는 낮고 깊었다.

각 나라에서 온 수강생들이 동시 통역 이어폰을 귀에 착용하고 듣고 있었다.

"나는 한때 세계에서 가장 고립된 나라의 지도자였습니다.

평화란 단어를 들으면 웃음부터 나왔던 시절도 있었지요.

우리는 서로 원수 지간의 나라였습니다. 전쟁을 벌여 수백만 명의 억울한 생명이 사라졌습니다. 수십 년 동안을 상대를 괴롭히며 살아왔습니다. 그리고 그것이 정의인 줄 알았습니다.

그러나 내가 죽음과 맞닿은 순간, 나는 깨달았습니다. 증오는 나를 만족시키지 않았고, 고립은 나를 지키지 않았습니다.

그저 허상 위에 서 있었던 바위 같은 것이었지요."

그는 청중을 바라보았다. 각 나라 대표 중 몇 명은 눈을 피했다.

"지금 여러분이 겪는 갈등은 과거의 내 모습과도 닮았습니다.

핵을 쥐고도 불안했고, 담을 세워도 외로웠습니다. 하지만 그 담을 허물었을 때 우리는 더 넓은 세상을 보게 되었습니다."

그는 손을 들어 조용히 강조했다.

"증오를 넘는 가장 빠른 길은, 누군가 먼저 손을 내미는 것입니다.

그것이 내가 남측의 대통령에게 먼저 손을 내민 이유였습니다. 그 순간부터 우리는 함께였으니까요."

이제 남측 전 대통령이 나섰다.

그는 마이크를 넘겨받으며 유연한 미소를 지었다.

"제가 처음 북측 지도자를 만났을 때 저는 솔직히 두려웠습니다. 그분도 저를 신뢰하지 않았지요.

우리가 서로의 이야기를 듣기 시작했을 때 우리 사이의 벽은 무너지기 시작했습니다."

그는 청중을 돌아보며 천천히 말을 이었다.

"여러분, 우리는 지금 서로 다른 언어, 다른 피부, 다른 신념을 갖고 있지만, 모두 같은 이유로 이곳에 와 있습니다.

바로 갈등이라는 공동의 고통 그리고 화해라는 공동의 희망 때문입니다.

한반도는 긴 세월 분단과 대결의 땅이었습니다. 총성이 멎은 지 70년이 되어 가지만, 진정한 평화는 멀게만 느껴졌습니다. 그러나 여러분, 우리는 하였습니다.

총을 내려놓고 손을 잡았고, 서로의 체제를 바꾸는 것이 아닌, 서로의 생명을 존중하는 방향으로 나아갔습니다. 저는 남과 북이 처음 마주 앉던 날을 기억합니다. 서로가 서로를 적이라 부르며 그 이름에 증오를 실었던 그 시절.

그러나 그날 이후 우리는 하나씩 내려놓기 시작했습니다.

무기보다 병원을 먼저 짓고, 군사 요충지보다 상생의 공단을 먼저 세웠습니다."

그는 청중을 향해 손을 펼친다. 그 손짓은 설득이 아니라 진심 어린 초청이었다.

"여러분, 갈등은 외부의 문제가 아닙니다. 그것은 바로 우리 안의 두려움입니다. 나와 다른 것을 두려워하는 마음 그리고 내 상처가 또 다시 생길까 봐 두려워하는 마음입니다.

그러나 우리는 알아야 합니다. 서로를 향한 두려움은 결국 우리 아이들의 미래를 가로막습니다.

분노 위에 국경을 쌓는다면 그 고통 위에 아이들이 울게 됩니다. 대한민국과 조선민주주의 인민공화국은 그렇게 배웠습니다.

'체제는 다를 수 있지만, 사람은 다르지 않다.

승자는 화해를 먼저 제안하는 사람입니다.' 평화는 이상이 아닙니다. 평화는 행동입니다.

그리고 오늘 이 자리에 앉아 계신 여러분, 바로 여러분이 그 행동의 주인공입니다. 감사합니다."

대통령은 연단에서 내려와 지도자와 짧은 인사를 나눈다.

곳곳에서 천천히 박수가 터져 나오고 한 사람, 두 사람 일어나 기립한다.

무대 뒤편에서는 '남수단' 대표와 '에디오피아 타그라이' 지역 대표가 서로의 손을 조심스럽게 잡는다.

세계를 불러 모으다

파리 르몽드르 본사.

가을비가 내리는 파리의 아침, 〈르몽드르〉의 편집국장 셀린 로랑은 평양발 뉴스를 번역하던 인턴을 부른다.

"이 강연 영상, 당신이 번역한 게 맞나요? 퇴임한 남한 대통령과 북한 지도자? 같은 연단에? 평양에서?"

"네, 국장님. 그리고 이번에는 남수단 대표와 에디오피아 티그라이 대표가 평양에서 포옹하며 공동 성명을 냈다고요."

셀린은 놀란 듯 입술을 꼭 다물다가 이내 단호하게 말한다.

"1면으로 제목을 이렇게 하세요. '예상 밖의 평화 도시 평양'."

뉴욕 유엔 본부 특별 세션.

세계평화연구센터의 활동이 세계 17개 분쟁국에 영향을 주고 있다는 분석이 유엔 안보리에서 공식 보고 된다.

미국 대표 바리사 블랙은 잠시 고개를 숙이고 영국 대표와 조용히 속삭인다.

"어쩌다 평양이 평화를 수출하는 도시가 됐을까?"

"이제 동북아의 베를린이라고 부르더군요."

그 순간, 스크린에 남한 전 대통령의 강연 장면이 다시 뜬다. '국경보다 사람이 먼저입니다'라는 자막과 함께.

카이로 알자지라라 뉴스룸.

중동 지역의 오래된 내전을 취재하던 기자 파달은 평양발 특집 다큐멘터리를 제작하자는 제안을 받는다.

"우리는 갈등의 땅에서 화해를 가르치는 땅을 소개해야지."

"하지만 그게 북한이라니."

"이제는 그 북한이 아니야. 북한 전 지도자가 강단에서 종교와 사상의 자유를 말하고, 남한 전 대통령이 거기서 용서와 선택이라고 설파하는 데야."

파달은 머뭇거리다가 마침내 고개를 끄덕인다.

"좋아, 카메라 챙겨. 평양으로 간다."

독일 베를린 국제연구소 심포지엄.

한 학자가 평양 세계평화연구센터를 다음과 같이 정의한다.

"이곳은 냉전의 최후 공간이 '치유의 교차로'로 바뀐 상징입니다."

청중 사이에서 한 독일 청년이 속삭인다.
"이제 우리 세대의 유엔은, 저 평양 세계평화연구센터를 모델로 해야 하는 것 아닐까?"

남아공 케이프타운.
이곳에서는 인터뷰가 이루어지고 있다.
"당신은 세계평화연구센터를 다녀왔습니다. 어떻습니까?"
방글라데시 출신 청년 대표가 입을 열었다.
"거기선 나의 적이 친구가 되기도 합니다. 한 시간 동안에는 논쟁을 벌이고, 다음 한 시간 동안에는 밥을 같이 먹고, 그다음은 같이 음악을 듣죠. 이곳은 싸움을 멈추는 곳이 아니라 싸워도 미워하지 않는 법을 배우는 곳입니다."

워싱턴 포스트 칼럼.
냉전의 유산을 지닌 도시에서 인류의 미래를 위한 희망이 솟구친다.
평양 세계평화연구센터는 국가의 위신이 아니라 사람의 생명을 먼저 생각하는 장소로 변모하고 있다. 우리는 그들에게 배워야 한다.

'싸움의 언어가 아닌, 치유의 언어를.'

세계평화연구센터는 평양이라는 이름을 넘어선 하나의 상징이 되었다.

어느 나라의 수도도 해내지 못했던 '진심의 공간'.

핵 공갈과 분노의 땅이었던 한반도에서 시작한 평화의 서사는 이제 세계 각국의 분쟁지로 파도처럼 번져 가고 있었고, 통일 한국이 K-PEACE라는 구호를 앞세우고 세계 평화의 중심지로 서서히 부상해 가고 있었다.

어떤 사람들은 수군거렸다.

"저러다가 두 사람 노벨평화상 후보 되는 것 아니야?"

완전한 통일

남북 평화 협력 15년 후, 드디어 남북이 완전 통일이 되었다.

TV 속에서는 통합 대통령 선거 토론이 방송되고 있다.
이는 서울 공동 생방송 스튜디오에서 진행되며, 남측 출신이자 여당 통일 민주당 후보 김일남과 북측 출신 야당 정의 통합당 후보 이성북이 자리하고 있었다.

카메라 불빛이 켜졌다. LED 전광판 위로는 선명히 적혀 있다.

'남북 첫 통합 대통령 선거 후보자 TV 토론, 생중계'

두 후보는 각각 단정한 옷차림으로 나란히 선 채 마주 보고 있었다.

사회자가 질문을 던졌다.

"오늘은 역사적인 자리입니다. 남북이 평화 협정을 체결한 지 15년이 된 지금, 완전한 정치 경제 통합 이후 첫 통합 대통령 선거를 맞아 두 후보의 정책과 비전을 직접 듣는 자리입니다.

두 분은 특별한 인연을 가지고 있는 것으로 알고 있습니다. 15년 전 남북이 처음 협상을 할 때 남측과 북측의 밀사로 만난 이후 그동안 쭉 남측 대표단과 북측 대표단의 일원으로 협상단에서 만났고, 그 후로는 남북 협상 대표로도 계속 협상을 해 왔습니다.

두 분은 정계에서 개인적으로도 상당히 돈독한 우정을 쌓아 온 것으로 알려지고 있는데, 이번 선거에서 이렇게 맞붙은 감회가 어떠신지 한 말씀 해 주세요."

김일남 후보가 먼저 입을 열었다.

"이성북 후보와 대통령 선거에서 맞붙을 줄은 예전엔 꿈에도 생각을 못 했습니다. 누가 대통령이 되든 그동안 우리가 쌓아 온 우정이 여야 협치에 도움이 될 것이라고 생각합니다."

이어 이성북 후보도 입을 열었다.

"우정은 우정이고 또 정치는 정치입니다. 누가 되든 훌륭한 대통령이 될 수 있도록 협조할 것입니다."

사회자가 진행을 이어 갔다.

"지금까지 여야 논쟁의 초점은 남과 북의 소득 차이에 대한 논쟁인 것 같습니다. 이 문제에 대하여 야당 후보인 이성북 후보의 의견을 듣도록 하겠습니다."

이성북 후보가 입을 열었다.

"현재 남북 통합이 된 지 15년이 흘렀습니다. 물론 북측이 그동안 많이 발전하긴 했지만, 남측과의 지역 간 소득 격차가 이렇게 많이 나는 것은 문제지요.

현재 남측의 1인당 GDP가 55,000달러입니다. 그리고 북측의 1인당 GDP는 20,000달러 수준입니다. 최소한 북측이 남측의 50% 수준인 27,000달러는 되어야 한다고 생각합니다. 이 정도의 격차라면 이건 실패한 통합입니다. 서울과 평양 사이 인프라와 교육, 의료 복지에서 여전히 엄청난 차이가 납니다.

여당 후보는 북쪽에 몇 개 공단을 짓고, 도로를 깔았고, 전기가 들어오게 했으니 성공했다고 말하지만, 그건 일부일 뿐입니다.

통합이라는 것이 단순한 행정 통합입니까? 삶의 질이 통합되어야 합니다. 저는 이 불균형을 해소하기 위해 '2단계 북부 균형 개발 특별법'을 만들어 북쪽의 생활 향상 및 소득 증대를 위한 정책을 해 나가도록 하겠습니다."

사회자가 이어 입을 열었다.

"김일남 후보, 말씀해 주세요."

"이성북 후보가 그동안의 북쪽 발전이 더디다고 하는데, 저는 그 부분에 동의하지 않습니다.

제가 처음 남북 협상의 밀사로 이성북 후보를 만났던 해, 그러니까 지금부터 15년 전 북측의 1인당 GDP가 유엔 발표 기준으로 1,300달러였습니다. 지금 북측의 GDP가 20,000달러입니다. 15년 동안 15배가 상승한 것입니다. 세계 역사상 이렇게 급속도로 경제가 발전한 예가 없습니다. 그동안 남쪽은 34,000달러에서 55,000달러로 1.7배 늘어났습니다.

북쪽이 15배 늘어날 때, 남쪽은 1.7배 늘어난 것입니다. 저는 지금도 눈에 선합니다. 처음 평양을 방문했을 때 그곳에는 자동차가 별로 없었습니다. 특히 교외로 나갔을 때는 도로가 한산했습니다.

현재 평양의 각 세대별 승용차 보유 비율이 40%에 이릅니다. 지방 도시도 30%에 이릅니다. 웬만한 집은 자가용이 있는 형편입니다. 제가 처음 평양에 갔을 때는 아파트 창문에 에어컨 실외기가 있는 집을 거의 찾아보기가 힘들었습니다. 지금은 아파트에 에어컨 없는 집을 찾아내기가 힘든 실정입니다.

15년 전에는 일반인이 해외여행을 하는 것은 거의 불가능했습니다. 그러나 금년에 북측 인원의 해외 출입 인원수가 100만 명을 넘어섰습니다. 외국인의 관광객을 포함한 입국 수가 500만 명에 육박합니다.

이런데도 북쪽의 발전 속도가 늦습니까?

지금까지 북쪽은 제트비행기를 타고 발전했습니다. 그런데 이성북 후보는 더 빠른 로켓을 타고 가야 한다고 주장하고 있습니다. 로켓을 타고 비행하면 사고가 나기 십상입니다."

두 후보의 토론은 팽팽했고, 남쪽 유권자는 김일남 후보를, 북측 유권자는 이성북 후보를 더 지지하였다.

* * *

평양 교외 통일공원 한편에 은빛 지붕이 얹힌, 퇴임한 북측 지도자의 사저.

늦은 오후의 햇살이 서재 창으로 스며들어 와 책상 위에 놓은 책장을 부드럽게 물들였다.

지도자가 가만히 책을 읽고 있었다.

페이지를 넘기는 손끝은 느렸고, 눈빛은 먼 어딘가를 향해 있었다.

한참 후 그는 조용히 책을 덮었다.

벽 쪽 장식장에는 오래된 흑백 사진 두 장이 나란히 놓여 있었다.

왼편은 할아버지, 오른편은 아버지의 사진이었다.

그는 잠시 두 사진을 바라보다, 낮게 중얼거렸다.

"이제… 마음을 놓으시죠."

말끝이 공기 속에 흩어졌다.

손끝이 아주 조금 떨리고 있었다.

그 순간, 창문 너머에서 맑은 웃음소리가 들려왔다.

지도자는 천천히 일어나 창가로 걸어갔다.

정원에서는 딸과 여동생 그리고 그들의 가족이 아이들과 함께 공을 차며 놀고 있었다.

손자뻘 되는 두 명의 아이들이 잘잘대며 서로를 쫓고 어른들은 웃으며 그 모습을 지켜보고 있었다.

바람이 잔디 위를 스쳐 지나며 아이들의 웃음을 더 멀리 실어 나르듯 부드럽게 나무 잎새를 흔들었다.

그는 그 풍경을 한참 바라보다가 창문 너머 하얗게 널려 있는 하늘을 올려다보았다.

속삭이듯, 그러나 또렷하게 말했다.

"진정한 평화가… 여기 있었네."

그 말과 함께, 그의 눈동자에 담긴 하늘은 더욱 깊어졌다.

마치 오래된 짐을 내려놓은 사람처럼, 표정이 천천히 풀리고 있었다.

제3장

정책 제안:
남북 모두 승리자가 되는 K-PEACE 통일 방안

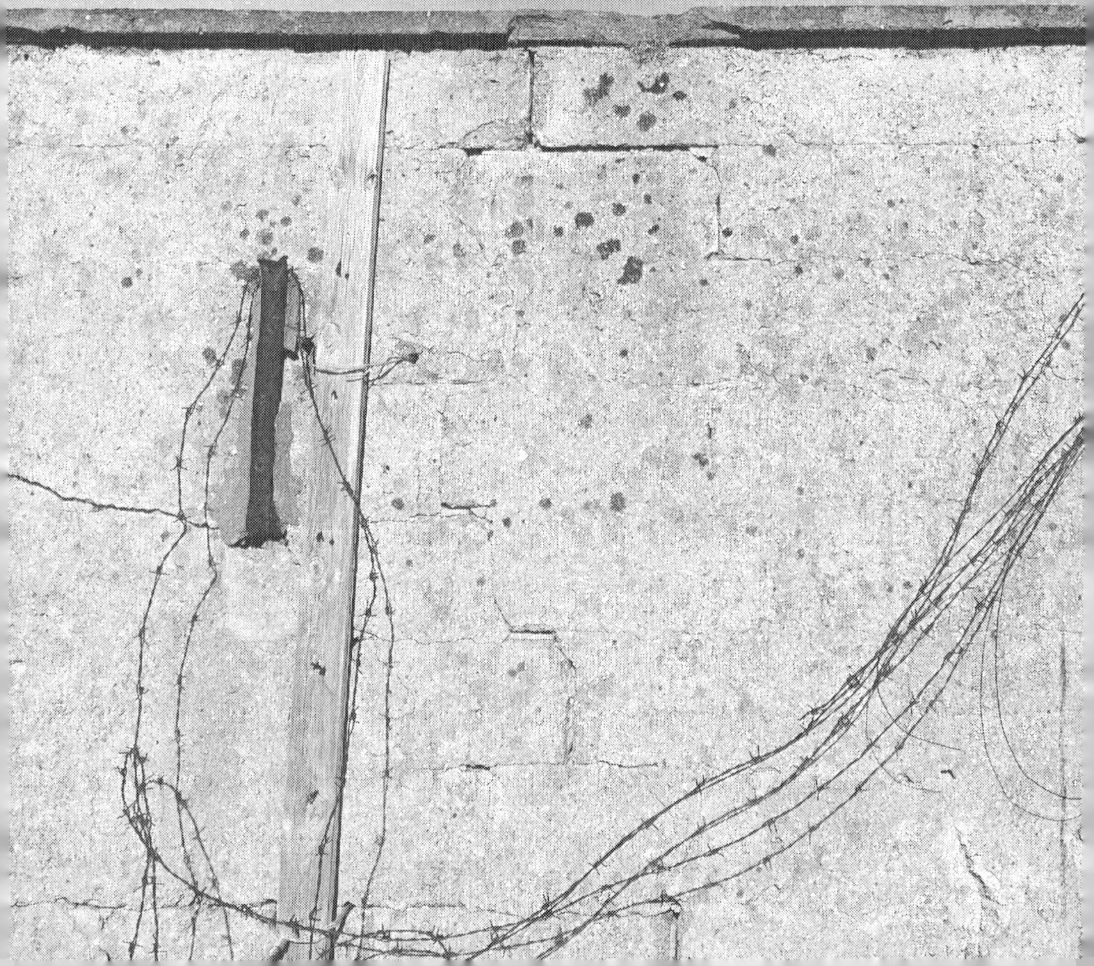

통일공원과 핵 문제 해결

통일 협상의 난관들

북한 김정은 위원장의 세습 정권이 영원히 지속될 것이라고 믿는 사람은 아무도 없다.

김정은 위원장 자신도 그렇게는 믿지 않을 것이다.

왕조 국가가 아닌 이상 세습 정권이 오랫동안 유지된 경우는 어디에도 없다. 이제 북측 정권도 그 한계를 드러내고 있다.

오죽하면 반동 문화 배격법이라는 세상 어디에도 없는 법을 만들어 외부의 조류를 차단하려고 안간힘을 쓰고 있는 것일까. 그러나 모두 헛수고다.

시간의 문제일 뿐 김정은 위원장의 건강상으로 보나 후계자들의 연령으로 보나 그리고 점차적으로 변해 가는 북측 장마당 세대들의 약해지는 충성심과 외부 정보에 대한 갈증으로 보나, 세습 정권이 계속 유지된다는 징후는 어디에도 없다.

통일공원의 조성

　세습 정권이 끝나는 날 북한의 상황은 어떠할까?

　핵은 외부적인 침입은 막아 낼 수 있으나 내부적인 반란을 막아낼 수는 없다. 구 소련이 핵이 없어서 와해되었는가?

　모든 권위적인 장기 집권이 무너지는 나라들의 상황은 항상 비슷하다.

　소련의 정권이 무너질 때 스탈린 동상은 모스크바 광장에 시민들에 의해 나뒹굴어져 방치되었다.

　최근에 시리아의 아사드 정권이 무너질 때 그의 아버지인 전 대통령 아페로 알아사드의 동상이 시민들의 구둣발 아래 짓밟히는 것이 톱뉴스로 나오지 않았는가.

　또한 그 순박한 네팔 국민들이 어느 날 갑자기 폭동을 일으켜 집권 정치인들을 모조리 몰아내리라고 상상이나 했겠는가.

　북한의 세습 정권이 그렇게 되지 않는다고 누가 보장할 수 있겠는가.

　통일공원의 조성이야말로 이런 것을 영구히 보존하고 관리할 수 있는 최적의 방법인 것이다.

평양이 통일공원이 필요한 이유

　북한의 김정은 위원장은 최고 통치자의 재임 기간을 정해 놓고, 그 임기 동안 평화 통일에 대한 기반을 튼튼히 닦아 놓고, 특히 선대의 동상이나 시설, 조형물 등을 통일공원으로 이전하여 자손대대로 국가에서 관리 보존토록 한다.

　그리고 모든 세계 국민들에게 관람하도록 하여 국가 관광 사업에도 기여토록 하며, 정권을 집단 지도 체제에 넘겨준 후, 퇴임 후 통일의 공로자로서 예우받으며 가족들과 함께 품위 있는 여생을 보낼 수 있도록 한다는 것이다.

　만약 평화적 통일만 된다면 이 정도의 대우를 못 해 줄 이유가 있겠는가.

　외국에 별장을 마련해 주어야 하는 이유는, 한국 국민은 데모를 밥 먹듯이 하는 국민이니까 국내 정세가 시끄러워져서 머리를 식힐 일이 생길 때는 외국 별장에 나가서 휴양하고 올 수 있도록 하기 위함이다.

남북 통일의 공로자

　만약 남과 북이 협상하여 점진적인 통일이 가능해진다면 그 최대의 공로자는 김정은 위원장이 될 것이다.

　나는 김정은 위원장이 누구도 상상하지 못했던 선대의 통일 정책을 부정하고 통일과 관계되는 모든 시설물, 조형물들을 폐기하는 것을 보면서 김정은 위원장이야말로 진정으로 통일을 하겠다고 마음만 먹는다면 과감하게 통일공원의 조성은 물론, 그 외에 결단이 필요한 모든 남북 협정도 밀고 나갈 수 있는 북측에서는 오직 유일무이한 권력자라는 것을 인정하지 않을 수 없었다.

민족 최대의 여망인 통일의 공로자가 된다면 통일 정부는 그에 마땅한 대우를 해 줘야 할 것이며, 그런 일환의 하나로 평양의 통일공원 내에 김정은 위원장이 퇴임 후에 거처할 사택을 조성하여 퇴임 후에도 예우를 받으며 생활할 수 있도록 한다. 그리고 해외에도 별장을 마련하여 해외여행도 자유롭게 할 수 있도록 하며, 평생 경호 및 제반 조치를 제공하여 통일의 공로자로서 품격을 유지하며 살아갈 수 있도록 해야 한다는 것이다.

북측의 핵 문제 해결

남북의 평화적 통일이 국제 사회의 지지를 얻기 위해서는 북한의 핵을 현 상태에서 동결하고, 현재의 핵 보유 상황을 공개하며, 한국을 포함한 국제 감시단의 감시하에 운영하겠다는 것을 약속하고 시행하는 것이다.

그리고 북한 핵의 완전한 폐기는 남북 통일 정부가 이루어졌을 때 통일 정부가 결정하는 것이다.

그 반대로, 북한이 두려워하는 남한의 현무미사일에 대해서는 기술적·생산적 분야를 제외한 일부 운영 분야를 북한의 감시하에 운영하겠다는 것을 약속하고 실행하는 것이다.

이렇게 할 경우, 남북 군인들이 핵심 무력의 정보를 공유한다는 자체만으로도 화해의 큰 상징적 의미가 될 것이다.

남과 북이 더 이상 군사적으로 대치하지 않으며 평화적으로 이루겠다는 의지를 상호 확인 해 주는 결과가 될 것이며, 온 국민이 쌍수를 들어 환영할 것이다.

어쨌든 후일에 완전 통일이 되면 남북의 모든 군사력이 통일된 나라의 하나의 체제로 운영될 것이니 미리부터 일부라도 정보를 공유한다는 것은 큰 의미가 있을 것으로 생각한다.

남북 군사위원회와 협력위원회

남과 북은 휴전선 또는 휴전선 인근에 남북 합동 군사위원회와 남북 협력위원회를 남북 공동의 인원으로 설치하여 군사위원회에서는 쌍방이 합의하는 한도 내에서 상호 군사 정보를 교환하며, 남북이 함께하는 합동 군사 훈련도 실시하여 상호 불신을 해소하고 신뢰를 쌓아 가도록 위원회를 운영한다.

남북 협력위원회는 북한 지역의 발전에 필요한 모든 분야의 분과별 위원회를 설립하여 북한을 급속도로 발전시키는 정책들을 남북이 협의하여 시행하도록 한다.

북한의 낙후한 인프라 시설(예: 철도, 도로, 항만, 전기, 수도, 비료, 농업의 기계화, 보건 의료, 교육, 항공, 유통, 무역, 공단조성, 어업, 관광업 등)을 어떻게 현대화하고 발전시킬 것인가를 연구·개발·협의하여 실천해 나가야 할 것이다.

통일과 한국 경제

통일이 한국 경제에 미치는 영향

　지금 한국 경제는 막심한 불경기에 시달리고 있다.

　기업들은 너나 할 것 없이 어려움을 겪고 있으며, 자영업자들은 부채에 허덕이고 있다.

　만약 남북이 통일에 돌입하고 북측 재건 사업들이 이루어진다면 기업들에게는 가뭄에 단비 같은 소식이 될 것이다.

　북한 개발을 위한 어마어마한 일거리가 각 분야별로 한국 업체에 들어올 것이며, 2,500만 소비 인구가 생겨나서 한국의 생산업체들은 모든 분야에서 실적이 올라갈 수밖에 없을 것이다.

　처음에는 북한 인민들의 소비 구매력이 약해서 그 효과가 적을 것이나, 점차 인민들의 소비 수준이 높아지면 소비도 늘어나게 마련이다.

한국의 기업들이 동남아에 퍼져 있는 공장들을 인건비가 싼 북측의 공단으로 이전하고 대기업들이 대대적으로 북측에 첨단산업들을 건설하면 북한 주민들의 생활 수준은 놀라울 정도로 빠르게 향상될 것이다.

세계적인 투자자 짐 로저스는 한국과 북한이 통일되면 전 세계의 투자자들이 한국으로 몰려올 것이라고 말한 적이 있다.

미국의 투자회사 골드만삭스에서 2021년도에 한국이 통일되었을 때의 GDP 성장률을 예상하여 발표한 것이 있다.

이에 따르면 2050년대 남한 쪽의 1인당 GDP가 7만 달러 선이며, 북한 쪽의 1인당 GDP가 4만 달러 선이 될 것이라고 예상했으며, 이럴 경우 통일 한국은 세계에서 미국 다음으로 부유한 나라가 될 것이라고 예상하였다.

남북 이산 가족 면회소 설치

남북이 통일의 길로 나아가기로 합의한다면 휴전선상에 1년 내내 운영하는 남북 이산 가족의 면회소를 개설하여 모든 이산가족들의 한을 풀어 주고 또 자유로이 고향 방문을 할 수 있도록 허락해 주는 것이 필요하다고 생각한다.

이산 가족들과 그 자손들에게 생전에 고향을 방문할 수 있는 기쁨을 준다면 얼마나 고마운 일이겠는가.

그리고 면회소에서 면회를 할 때나 고향을 방문할 적에 어느 한도 내에서 현금이나 선물 등을 자유롭게 교환할 수 있도록 허락하여 주어야 할 것이다.

선물을 국가가 회수하거나 규제하는 것은 자유스러운 국가에서는 있을 수 없는 일인 것이다.

이산 가족에는 북한을 탈북하여 남한에 정착한 모든 탈북민들도 당연히 포함되어야 한다.

그러면 그분들이 고향에 돈을 보내기 위해 40~50%의 송금 수수료를 부담하지 않아도 될 것이다.

통일 남북 측의 관광 산업

남북이 통일의 길로 나아가기로 합의한다면 남북이 모두 관광 산업에 활짝 문을 열어야 할 것이다.

북한은 산이 많고 경치 좋은 곳도 많다. 북한의 관광 여건이 허락하고 안전성이 보장된다면 수백만의 남한 관광객들이 북한을 한번 방문해 보고 싶어 할 것이다.

2024년 기준으로 국내에서 해외로 나가는 여행객이 2,869만 명이고, 한국으로 들어오는 해외 여행객이 1,637만 명이었다고 한다.

이러한 추세로 볼 때 북한의 여행이 자유롭고 관광 인프라가 편리하게 구축된다면, 전 세계적으로 수천만 명이 북한을 방문하고 싶어 할 것이다. 북측의 관광 수입만 가지고도 먹고살 수 있다는 말이 나올 수 있는 것이다.

북한의 항공 산업이 발달하지 못하여 결국 이 여행객들이 한국을 통하여 방문하게 될 것이니 남한은 덩달아서 관광 산업의 호황을 누리게 될 것이다.

결국 남북 통일은 남북 모두에게 로또 복권 당첨이 되는 효과가 있다.

남한 사람들은 자비로 북측 여행사의 안내를 받아 북측을 여행하면 되겠지만, 북측 사람들은 경제적 여건상 자비로 남한 관광을 하는 것에 어려움이 있을 것이다.

그러므로 한국 정부는 북한 정권과 협의하여 북측 정부가 추천하는 관광객 약 10만 명을 초청하여 한국 정부가 경비를 지원하고, 남한을 관광시키는 것을 고려해 볼 만하다고 생각한다.

10만 명에 1인당 100만 원의 경비를 잡는다 해도 1,000억 원의 경비가 소요될 것이다.

나는 충분히 이만한 값어치가 있다고 생각한다.

남북의 융합

흡수 통일의 문제점

남한과 북한이 통일의 길로 나아가는데 최대의 장애물은 상호의 불신이다.

북한의 지도부는 북한이 개혁 개방의 길로 나아가면 북한 정권이 붕괴되어 남한에 일방적으로 흡수 통합 되는 것이 아닌가 의심할 것이다.

북한이 갑자기 남한에 흡수 통일되면 남한 국민들에게는 재앙이다.

흡수 통일 되면 휴전선은 없어질 것이고, 북한 주민들이 대거 남하하는 것은 불 보듯 뻔한 일이다.

독일 통일이 이루어졌을 때 동서독의 1인당 GDP의 실질적인 격차는 6:1 정도였다. 이 정도의 격차에도 불구하고 통일 후 독일의 경제가 오랫동안 어려움을 겪었다고 한다.

남한과 북한의 1인당 GDP 격차는 30:1로 알려져 있다. 이렇게 큰 경제적 격차를 무슨 수로 메울 수 있겠는가.

남한은 이를 수용할 만한 여력이 없으며 남한 국민들도 이를 받아들일 수 없을 것이다.

멀리는 15년 후가 될지도 모르는 완전 통일이 될 때까지 북측의 정권이 안정적으로 유지되면서 북한의 국민 수준을 남한의 30% 수준까지 끌어올리도록 남북이 다 함께 최선을 다해야 할 것이다.

북한 정권이 위태로워 무장 충돌이 일어나거나 대규모의 소요 사태가 발생하면 그를 기화로 중국이 북측의 일부를 점령하는 일이 필연적으로 일어나게 될 것이며, 러시아도 북러 조약을 근거로 욕심을 낼 것이다.

그러므로 남한 정부는 북한의 정권이 안정적으로 유지되도록 최대의 협력을 아끼지 말아야 할 것이다.

남북 신뢰를 두터이 하고 전면적인 융합의 길로 가는 조치들

1. 북한 주민 10만 명에게 무료로 한국 관광을 시켜 주어 북한도 통일된 한반도가 이루어지면 남한처럼 잘살 수 있다는 희망을 심어 주는 것이다.

2. 북한과 남한의 일부 군인들이 상호 감시단의 목적으로 핵

기지와 미사일 기지에서 함께 근무함으로써 남과 북의 군대가 적대 관계가 아니라 협력의 관계가 되었다는 것을 상징적으로 보여 주는 것이다.

  3. 남북 합동 군사위원회를 휴전선에 설립
  - 일정 수준의 군사 정보를 상호 공유하고, 합동 훈련을 실시하여 군사적 협력 관계를 발전시켜 나간다.

  4. 북한이 핵 보유 상황을 공개하고 동결하며 국제 사찰단의 감시하에 운영

  5. 북한의 국제 통신을 전면 개방
  - 모든 국가와 자유로이 통화할 수 있도록 하고, 남북 간의 통화도 완전 개방하여 통신의 자유를 보장한다.
  - 인터넷도 완전 개방하여 전 세계의 정보를 북측 주민들도 접할 수 있도록 한다.

  6. 남북 간의 방송을 쌍방 간에 개방
  - 전국적인 지상파 방송을 서로에게 송출하여 모든 국민이 남북 방송을 함께 시청할 수 있도록 한다.
  - 북한의 어려운 실정이 남한에 전해지는 것을 부끄러워하지 말고, 남한의 풍요로운 생활이 북측에 알려지는 것을 두려워하지 말아야 한다.

  7. 정치 개혁
  - 세습 정권이 계속된다면 북한의 개혁 개방은 절대 불가능하다.

세습 정권 체제의 단절과 정상적이고 정기적인 정권 교체가 이루어져야 지속적인 개혁 개방도 가능해지고, 안정적이고 민주적인 정책들이 시행될 수 있다.

세습 정권이 영원히 계속될 수는 없는 것이다. 그리고 그 세습 정권을 유지하기 위하여 정권은 항상 불안할 것이며, 외부와의 정보는 차단될 것이고, 반대파는 무수히 숙청될 것이다. 지금까지의 북한 상태가 이를 여실히 증명해 주고 있지 않은가.

나는 이 문제를 해결하기 위하여 통일공원을 제안하는 것이다.

세계 어느 나라에 가는 곳마다 국가 지도자의 동상이 수없이 세워져 있고, 수많은 조형물들과 선전 구호 등이 설치되어 국민들을 세뇌시키는 국가가 북한 말고 어디에 있는가.

이러한 환경에 오랫동안 함께한 북한 주민들은 자연스럽게 받아들일 수 있겠으나, 처음 접하는 외국 관광객들에게는 낯설고 부자연스럽게 느껴질 것이다.

지도자의 결단

김정은 위원장의 결단

　이상의 모든 문제들은 북한 김정은 위원장의 결단이 필요한 일들이다.

　인생은 짧고, 역사는 길다.

　만약 통일을 부정하고 현재의 권력에 집착한다면 과연 몇 년이나 권력을 향유할 수 있을까.

　그리고 또 현재의 권력을 세습받은 자녀는 그 권력을 얼마나 유지해 나갈 수 있을까.

　자녀가 세습받은 권력을 유지하기 위해서 또 얼마나 많은 사람들이 골육상쟁에 시달리고, 처형 또는 숙청되는 과정을 되풀이 해야만 할까.

　그리고 그 정권의 세습이 끝나는 날, 그 많은 동상들과 조형물들은 어떤 수난을 겪을 것인가.

그리고 우리 민족의 역사에 세습 정권이 어떻게 기록될 것인가.

이렇게 된다면 김정은 위원장은 선대 조상들에 대한 더 큰 불효가 없을 것이다.

그리고 한국에 비하여 30분의 1밖에 안 되는 북측 인민들의 가난과 고통은 언제까지 계속되어야 하는가.

반대로 북측 김정은 위원장이 과감하고 통 크게 통일의 길로 나아간다면 남북이 모두 그 이상의 축복이 없을 것이다.

남북은 역사상 최대의 호황을 맞을 것이며, 이제 더 이상 주위 강대국들의 눈치를 보면서 살아가지 않아도 될 것이다.

북측의 모든 동상과 조형물도 통일공원으로 모여 영구토록 보존될 것이며, 북측 인민들뿐만 아니라 전 세계의 관광객들이 관람하게 될 것이다.

중국의 모택동 지도자를 보라.

재임 시 문화 혁명이라는 혼란한 시기에 수천만 명의 시민이 아사하고 억울하게 처형, 숙청되는 실정이 있었지만, 그가 중국 본토를 역사상 처음으로 완전 통일시켰다는 크나큰 공적으로 현재도 천안문 광장에 그의 초상화를 걸어 놓고 존경하고 있지 않은가.

김정은 위원장도 남북 통일의 기반을 닦아 놓고 규정된 임기를 마친 다음 퇴임한다면 민족의 통일을 위하여 자진해서 절대 권력을 내려놓은 세계사에 유례가 없는 사례가 될 것이다.

 그리고 또 통일의 공로자로서 우리 민족의 역사에 길이 기록될 것이며, 재임 시 논란이 있었던 여러 가지 일들도 통일의 공로가 너무 크기 때문에 모든 것이 묻히고 통일의 공로만이 역사에 부각될 것이다.

 어떤 길을 선택하던 김정은 위원장의 마음에 달렸다.
 현명한 결단이 있기를 바랄 뿐이다.

 남북 통일에 관한 협정이 이루어진다면 이는 한 국민만의 문제가 아니라 전 세계의 이목이 집중될 것이다.
 도저히 실현될 것 같지 않던 통일이 합의하면 비슷한 갈등을 겪고 있는 세계의 여러 나라들에 화해와 용서, 양보와 인류애로 어떻게 갈등을 풀어 나갈 수 있는가에 대해 깊은 영감을 주는 일이 될 것이다.
 현재 세계의 구석구석에서 전쟁과 갈등, 충돌과 저주의 사건들이 끊임없이 일어나고 있다.
 과연 이런 것들이 증오와 대결의 마음으로 해결될 수 있을까.

 남북이 통일로 합의한다면 고통받고 있는 그들에게 해답의

실마리가 되었으면 좋겠다.

북한에 대한 통일 협상 제안

나는 전문가가 아니니까 지금까지의 나의 의견 중에는 현실상으로 어렵고 또 모순되는 부분도 있을 것이다.

그러나 큰 틀에서 남북의 통일은 모두가 승리자가 되고 손해보는 쪽이 없어야 가능할 것이다.

그리고 남과 북 모두 과감한 결단이 있어야 할 것이다.

나는 이 책에서 통일을 위한 하나의 씨앗을 뿌렸다고 생각한다. 이 씨앗이 자랄 수 있는지는 정책 당국자들의 손에 달려 있다.

나의 바람은 협상안이 잘 다듬어져 우리 정부로부터 북측 당국에게 남북 협상을 제안해 보는 것이다.

누군가가 손을 먼저 내밀어야 악수가 이루어질 것이 아니겠는가.

제4장

언론인 여러분께 드리는 호소문

통일의 문은 언론이 엽니다.

분단 80여 년, 우리는 끊임없이 통일을 말해 왔습니다.

그러나 그동안 제시된 통일 정책들은 너무 이상적이거나 일방적이었고, 국민의 신뢰를 받기엔 역부족이었습니다.

하지만 지금, 모두가 승리하는 통일 방안이 조심스럽게 세상 밖으로 모습을 드러내고 있습니다.

남과 북, 보수와 진보, 국민과 지도자, 그 누구도 패자가 되지 않는 새로운 해법입니다.

통일 방안은 단순히 정치적 타협이 아니라, 민족을 위한 역사적 결단의 씨앗이 될 것입니다.

문제는 이 희망의 씨앗이 국민 속으로, 세계 속으로 퍼지지 않으면 싹을 틔울 수 없다는 데 있습니다.

훌륭한 비전이라도 알려지지 않으면 아무 일도 일어나지 않습니다.

언론은 국민의 편에서 진실을 밝혀 왔습니다. 지금 이 순간도 그 사명은 유효합니다.

이번 통일 방안이 한낱 구호로 끝나지 않도록, 국민이 알고 공감하고 옮길 수 있도록 도와주십시오.

행동으로, 언론이 말하면 세상이 움직입니다.

언론이 비추면 어둠이 물러납니다.

언론이 열면 닫힌 민족의 문이 다시 열릴 수 있습니다.

이번 K—PEACE 통일 방안 운동이 남북 지도자에게, 민족사에 길이 남을 결정을 유도하는 진정한 여론이 될 수 있도록 언론인 여러분의 용기와 책임을 간곡히 요청드립니다.

저자 올림

| 젊은이들에게 드리는 당부의 글 |

K-PEACE 시대를 열자!

  통일 한국은 우리와 같은 늙은이가 살아갈 나라가 아닙니다.
  젊은 그대들이 살아갈 나라며, 그대들의 아이들이 살아갈 나라입니다.
  K-PEACE 평화 운동에 동참해 주십시오.
  모든 위대한 사회운동은 한 사람의 행동으로부터 시작되었습니다.
  지금 당장 당신부터 행동해 보십시오.
  한 사람이라도 좋고 두 사람이라도 좋으니, SNS상에 K-PEACE 모임을 만들어 보십시오.

K-PEACE ○○대학교 모임, K-PEACE ○○ 직장 모임, K-PEACE ○○ 단체 모임 등을 만들어서 운영해 보십시오.

저는 늙어서 잘 못 합니다.
젊은 그대들은 잘하지 않습니까.

회원들끼리 서로 토론하고 교류하며, 순전히 자생적으로 서로 다른 모임들끼리도 연락하고 단합하여 커다란 여론의 장을 만들어 보세요.
토론의 내용은, 예를 들면, '모두 승리자가 되는 통일 방안'을 갖고 대화를 하는 방법도 있습니다.
그리하여 K-PEACE 운동의 물결이 남북 모두의 당국자들에게 영향을 미치고 완전한 통일을 이룰 수 있도록 힘을 합해 봅시다.
바다 건너 교포들도 평화 운동을 하는데, 본국에 있는 우리가 가만히 있으면 되겠습니까?
천 리 길도 한 걸음부터, 지금 당신부터 한 걸음 내디뎌 보십시오.

저자 올림